科学探偵 謎野真実 シリーズ2

科学探偵 vs. 呪いの修学旅行

もくじ

この本《ほん》の楽《たの》しみ方《かた》

この本《ほん》のお話《はなし》は、事件編《じけんへん》と解決編《かいけつへん》に分《わ》かれています。登場人物《とうじょうじんぶつ》と一緒《いっしょ》にナゾ解《と》きをして、事件《じけん》の真相《しんそう》を見《み》つけてください。ヒントはすべて、文章《ぶんしょう》と絵《え》の中《なか》にあります。

これまでのあらすじ

謎野真実《なぞのしんじつ》は、行方不明《ゆくえふめい》になった父《ちち》・謎野快明《なぞのかいめい》の手《て》がかりを探《さが》すため、ホームズ学園《がくえん》から花森小学《はなもりしょうがっ》校《こう》に転校《てんこう》してきた。クラスメートの宮下健太《みやしたけんた》とともに、学校《がっこう》に伝《つた》わる七不《ななふ》思議《しぎ》を次々《つぎつぎ》と解《と》き明《あ》かす真実《しんじつ》。すべてのナゾを解《と》いた真実《しんじつ》に校長先生《こうちょうせんせい》が渡《わた》したのは、父《ちち》・快明《かいめい》から託《たく》された手紙《てがみ》だった。

登場人物《とうじょうじんぶつ》

大前先生《おおまえせんせい》
6年《ねん》2組《くみ》の担任《たんにん》。理科《りか》クラブの顧問《こもん》で、不思議《ふしぎ》な生物《せいぶつ》に目《め》がない。

浜田先生《はまだせんせい》
6年《ねん》の学年主任《がくねんしゅにん》。あだ名《な》は「ハマセン」。空気《くうき》はあまり読《よ》まない。

河合先生《かわいせんせい》
6年《ねん》1組《くみ》の担任《たんにん》。ゆるふわカールで大《おお》きな瞳《ひとみ》の、「花《はな》森小《もりしょう》のマドンナ」。

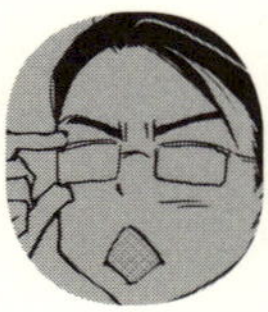

杉田《すぎた》ハジメ
6年《ねん》2組《くみ》の学級《がっきゅう》委員長《いいんちょう》。あだ名《な》は「マジメスギ」。規律《きりつ》にうるさい。

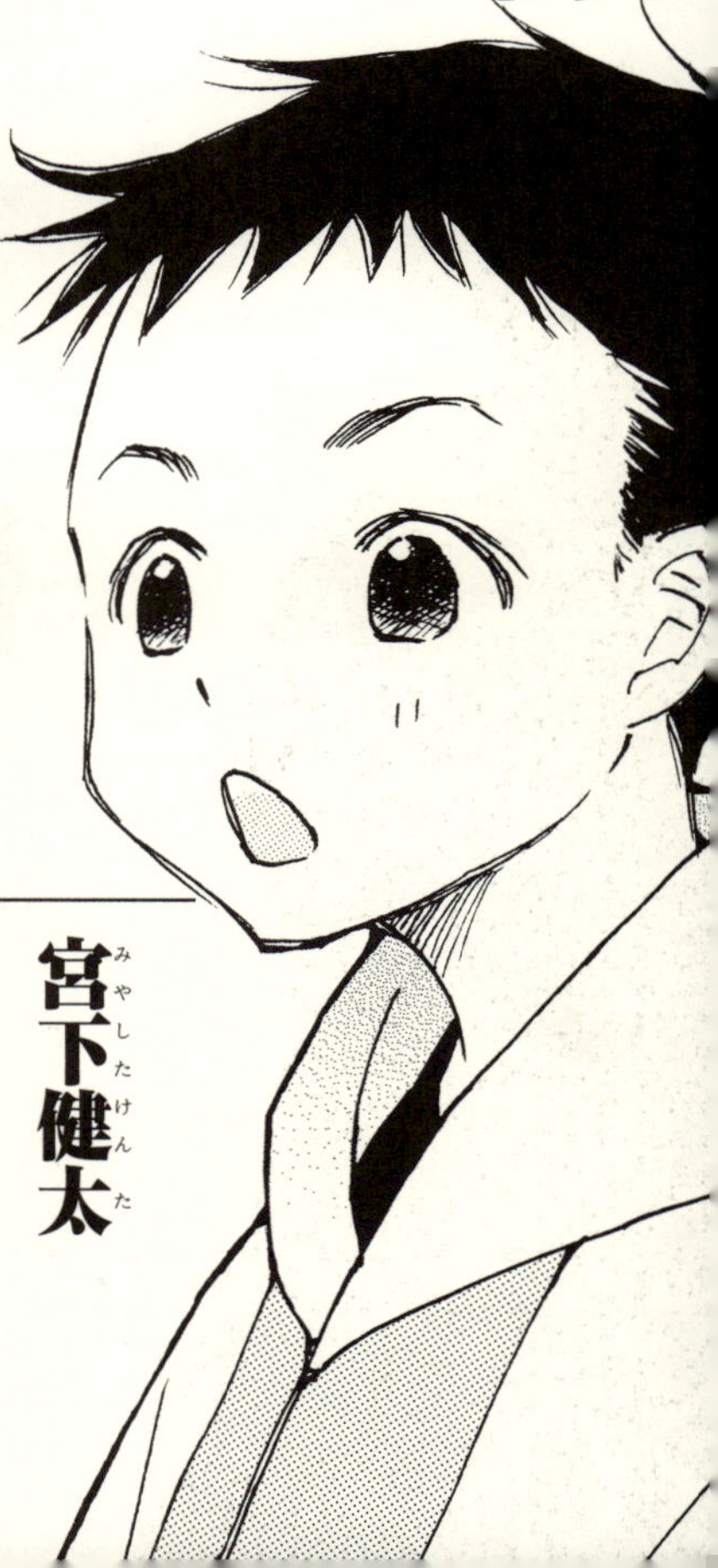

宮下健太《みやしたけんた》
成績《せいせき》もスポーツも中《ちゅう》ぐらいのミスター平均点《へいきんてん》。超《ちょう》ビビリなくせに、不思議《ふしぎ》なことが大好《だいす》き。真実《しんじつ》と仲《なか》が良《よ》い。クラスは、6年《ねん》2組《くみ》。

謎《なぞ》野《の》真《しん》実《じつ》

エリート探偵育成学校《たんていいくせいがっこう》・ホームズ学園《がくえん》からの転校生《てんこうせい》。天才《てんさい》的《てき》な頭脳《ずのう》と幅広《はばひろ》い科学知識《かがくちしき》を持《も》つ。「科学《かがく》で解《と》けないナゾはない」が信条《しんじょう》。クラスは、6年《ねん》2組《くみ》。

あや（右《みぎ》）
カオル（中《なか》）
ゆっこ（左《ひだり》）

6年《ねん》1組《くみ》の、うわさ好《ず》きでそうぞうしい女子《じょし》3人組《にんぐみ》。

青《あお》井《い》美《み》希《き》

「スクープ命《いのち》！」の新聞部部《しんぶんぶぶ》長《ちょう》。取材力《しゅざいりょく》とカメラの腕《うで》には自信《じしん》あり。健太《けんた》とは幼《おさな》なじみで、少々《しょうしょう》、妄想癖《もうそうへき》あり。クラスは、6年《ねん》1組《くみ》。

花森小学校《はなもりしょうがっこう》
恒例《こうれい》の
3泊4日《ぱくよっか》の修学旅行《しゅうがくりょこう》。
楽《たの》しい思《おも》い出《で》を
いっぱい
つくりましょう

日程表《にっていひょう》

1日目《にちめ》

午前《ごぜん》
学校《がっこう》に集合《しゅうごう》【集合時間厳守《しゅうごうじかんげんしゅ》!】
各《かく》クラスに分《わ》かれて、バスで出発《しゅっぱつ》
京都《きょうと》に到着後《とうちゃくご》、清水寺《きよみずでら》を見学《けんがく》

午後《ごご》
古《ふる》くからの町並《まちな》みが残《のこ》る機織《はたお》りの町《まち》・西陣《にしじん》を見学《けんがく》ののち、自由行動《じゆうこうどう》
【美龍仙旅館泊《びりゅうせんりょかんはく》】
京都産《きょうとさん》の食材《しょくざい》を生《い》かしたおいしい食事《しょくじ》と温泉《おんせん》の大浴場《だいよくじょう》が評判《ひょうばん》の歴史《れきし》ある宿《やど》です。

少女《しょうじょ》の幽霊《ゆうれい》が出《で》る!

近《ちか》くに死者《ししゃ》がよみがえる橋《はし》!?

2日目《ふつかめ》

午前《ごぜん》
秋《あき》の特別拝観中《とくべつはいかんちゅう》の相国寺《しょうこくじ》を見学《けんがく》ののち、自由行動《じゆうこうどう》

午後《ごご》
知恩院見学後《ちおんいんけんがくご》、円山公園《まるやまこうえん》で休憩《きゅうけい》
【美龍仙旅館泊《びりゅうせんりょかんはく》】

近《ちか》くに鬼《おに》のお告《つ》げが聞《き》ける寺《てら》?

清水寺《きよみずでら》
奈良時代《ならじだい》に創設《そうせつ》された、京都《きょうと》で最《もっと》も古《ふる》い寺《てら》のひとつ。有名《ゆうめい》な「清水《きよみず》の舞台《ぶたい》」からのながめは圧巻《あっかん》!

相国寺《しょうこくじ》
「鳴《な》き龍《りゅう》」と呼《よ》ばれる天井画《てんじょうが》が有名《ゆうめい》。龍《りゅう》に向《む》かって手《て》をたたくと、何《なに》かが起《お》こる!

夜《よる》に肝試《きもだめ》しをするクラスもあるとか

庭《にわ》の池《いけ》に言《い》い伝《つた》えがあるらしい

3日《みっか》目《め》

午前《ごぜん》

貴船《きふね》から鞍馬《くらま》までハイキング

午後《ごご》

【小池荘泊《こいけそうはく》】コイの泳《およ》ぐ池《いけ》が美《うつく》しい、日本庭園《にほんていえん》のある宿《やど》です。

4日《か》目《め》

午前《ごぜん》

荷造《にづく》りをして、宿《やど》を出発《しゅっぱつ》
土産店《みやげてん》で買《か》い物《もの》ののち、バスで京都《きょうと》を出発《しゅっぱつ》

午後《ごご》

学校着《がっこうちゃく》、解散《かいさん》

ピックアップ!

貴船神社《きふねじんじゃ》
水《みず》の神《かみ》をまつる神《じん》社《じゃ》。縁結《えんむす》びの神社《じんじゃ》としても知《し》られている。珍《めずら》しいおみくじがある。

家《いえ》に帰《かえ》るまでが修学旅行《しゅうがくりょこう》!

秋《あき》も深《ふか》まった、ある日《ひ》。

1台《だい》のバスが、紅葉《こうよう》した山々《やまやま》が見《み》える高速道路《こうそくどうろ》を走《はし》っていた。

「では、聞《き》いてください。先生《せんせい》が10番目《ばんめ》に好《す》きな歌《うた》です」

バスの車内《しゃない》では、学年主任《がくねんしゅにん》のハマセンこと、浜《はま》田《だ》先生《せんせい》がマイクを握《にぎ》りしめ、カラオケを熱唱《ねっしょう》していた。

これで10曲目《きょくめ》。6年《ねん》2組《くみ》の担任《たんにん》の大前先生《おおまえせんせい》は楽《たの》しそうに聞《き》いているが、生徒《せいと》たちはそろそろうんざりしはじめていた。

「ねえねえ、真実《しんじつ》くん。ぼく、昨日《きのう》8時間《じかん》しか眠《ねむ》れなかったんだ！」

そんななか、宮下健太《みやしたけんた》はひとり元気《げんき》なようすで、となりに座《すわ》る謎野真実《なぞのしんじつ》に声《こえ》をかけていた。

「8時間《じかん》だったら、じゅうぶん寝《ね》ているじゃないか」

「なに言《い》ってるの。ぼくは1日《にち》10時間《じかん》寝《ね》ないとダメなんだよ」

健太《けんた》の手《て》にはクシャクシャになった「旅《たび》のしおり」が握《にぎ》られていた。

「ぼく、修学旅行《しゅうがくりょこう》に行《い》くの、ずっと楽《たの》しみにしてたんだ～」

花森小学校《はなもりしょうがっこう》の6年生《ねんせい》は、修学旅行《しゅうがくりょこう》に向《む》かっていた。

行《い》き先《さき》は、毎年恒例《まいとしこうれい》の京都《きょうと》だ。

『旅《たび》のしおり』以外《いがい》にも、こんなものも持《も》ってきたよ！」

健太《けんた》はうれしそうに『京都観光《きょうとかんこう》マップ』と書《か》かれたガイドブックを真実《しんじつ》に見《み》せた。

「わざわざ買《か》ったのかい？」

「うん！　もう100回《かい》は読《よ》んだかな！」

「100回《かい》って」

真実《しんじつ》はあきれて小《ちい》さな溜《た》め息《いき》をもらすと、自分《じぶん》の手元《てもと》に視線《しせん》を落《お》とした。

そこには、１枚《まい》の写真《しゃしん》がある。

先日《せんじつ》、「学校《がっこう》の七不思議《ななふしぎ》」の最後《さいご》のナゾを解《と》いたとき、林村校長先生《はやしむらこうちょうせんせい》から渡《わた》された封筒《ふうとう》の中《なか》に入《はい》っていたものだ。

封筒《ふうとう》は、行方不明《ゆくえふめい》になってしまった真《しん》実《じつ》の父《ちち》・謎野快明《なぞのかいめい》が校長先生《こうちょうせんせい》に預《あず》けたもので、中《なか》にはこの写真《しゃしん》しか入《はい》っていなかった。

「その写真《しゃしん》、気《き》になるよね……」

写真《しゃしん》は、夜《よる》、どこか外《そと》で撮《と》られたものだった。

満開《まんかい》の桜《さくら》が写《うつ》っていて、その木《き》の前《まえ》に

真実《しんじつ》の父《ちち》が立《た》っている。

夜空《よぞら》には、いくつもの星《ほし》が輝《かがや》いている。

「桜《さくら》が咲《さ》いてるってことは、その写真《しゃしん》、春《はる》に撮《と》られたものだよね」

「ああ、そうだろうね」

「真実《しんじつ》くんのお父《とう》さん、いったいどこでその写真《しゃしん》を撮《と》ったのかな?」

「それはわからない。だけどそれがわかれば、父《ちち》が行方不明《ゆくえふめい》になった手《て》がかりがきっと得《え》られるはずだ」

おそらく、真実《しんじつ》の父《ちち》が校長先生《こうちょうせんせい》に写真《しゃしん》を渡《わた》したのはそのためだったのだろう。

真実《しんじつ》はそのナゾを一刻《いっこく》も早《はや》く解《と》き明《あ》かしたいと思《おも》っていた。


「きゃああ!」


突然《とつぜん》、悲鳴《ひめい》が聞《き》こえた。

真実《しんじつ》たちが見《み》ると、前《まえ》のほうに座《すわ》っていた数人《すうにん》の女子《じょし》が、声《こえ》をあげながら窓《まど》の外《そと》を指《ゆび》さし

ていた。

「どうしたんだ？」

ハマセンがマイクを握《にぎ》りしめたまま、女子《じょし》たちのもとへ駆《か》け寄《よ》る。

「先生《せんせい》、UFO《ユーフォー》が！」

「UFO《ユーフォー》だって？　そんなもの存在《そんざい》するわけが……、うわああ！」

ハマセンが窓《まど》の外《そと》を見《み》ると、空《そら》にUFO《ユーフォー》のような円盤《えんばん》の形《かたち》をした物体《ぶったい》が浮《う》かんでいた。

「そんな……ありえない！　これは夢《ゆめ》だ！　ぬううう！」

自分《じぶん》のほっぺをつねるハマセン。生徒《せいと》

たちもどよめく。

「本物《ほんもの》のUFO《ユーフォー》を目撃《もくげき》するなんて！」

健太《けんた》は「旅《たび》のしおり」をギュッと握《にぎ》りしめると、笑《え》みを浮《う》かべた。

「きっと、もうすぐ京都《きょうと》に到着《とうちゃく》するから、不思議《ふしぎ》な現象《げんしょう》が起《お》きたんだ！

京都《きょうと》はその昔《むかし》、『魔都《まと》』といわれて、不思議《ふしぎ》なことがいっぱい起《お》きた場所《ばしょ》らしいからね！」

健太《けんた》は興奮《こうふん》ぎみに言《い》った。

だがそのとき、真実《しんじつ》が口《くち》を開《ひら》いた。

「べつに不思議《ふしぎ》でもなんでもないよ」

「えっ、どういうこと？」

「あれは、UFO《ユーフォー》なんかじゃない。『レンズ雲《ぐも》』さ」

「レンズ雲《ぐも》!?」

健太《けんた》をはじめ、生徒《せいと》たちはみな、真実《しんじつ》のほうを見《み》る。

UFO《ユーフォー》
「Unidentified《アンアイデンティファイド》 Flying《フライング》 Object《オブジェクト》」（未確認《みかくにん》飛行《ひこう》物体《ぶったい》を意味《いみ》する英語《えいご》）の頭文字《かしらもじ》を取《と》ったもの。つまり、空《そら》を飛《と》んでいて正体《しょうたい》がわからないものは、どんなものでもUFO《ユーフォー》と呼《よ》んで間違《まちが》いではない。

真実《しんじつ》は窓《まど》の外《そと》をながめると、遠《とお》くに見《み》える山《やま》を指《ゆび》さした。

「あそこに山《やま》が見《み》えるだろう。山頂付近《さんちょうふきん》に風《かぜ》の影響《えいきょう》を受《う》けて湿《しめ》った空気《くうき》が昇《のぼ》ると、その空気《くうき》が冷《ひ》やされてあんなふうな傘《かさ》みたいな雲《くも》ができるんだ」

「それって、あのUFO《ユーフォー》はただの雲《くも》、ってこと?」

健太《けんた》がたずねると、真実《しんじつ》は小《ちい》さくうなずいた。

「この世《よ》に科学《かがく》で解《と》けないナゾはない」

「さすが謎野《なぞの》。いやあ感心感心《かんしんかんしん》」

大前先生《おおまえせんせい》がうれしそうに笑《わら》う。

理科《りか》クラブの顧問《こもん》をしている大前先生《おおまえせんせい》も、レンズ雲《ぐも》だとわかっていたようだ。

「オ、オレもレンズ雲《ぐも》だと思《おも》ってたぞ。うん、当然《とうぜん》レンズ雲《ぐも》だ」

ハマセンはあわててほっぺをつねるのをやめるとそう言《い》った。

「先生《せんせい》……」

生徒《せいと》たちはみな、ハマセンにあきれる。

真実《しんじつ》はふと、手《て》に持《も》っている写真《しゃしん》を見《み》つめた。

「もしかしたら、この写真《しゃしん》にも科学《かがく》で解《と》くべきナゾがあるのかもしれない……」

真実《しんじつ》の父《ちち》はホームズ学園《がくえん》の科学教師《かがくきょうし》にして、天才科学者《てんさいかがくしゃ》だ。この写真《しゃしん》を真実《しんじつ》に渡《わた》したということは、そのナゾを解《と》けということなのかもしれない。

「だったら、修学旅行中《しゅうがくりょこうちゅう》に解《と》いてみせる。ぼくなら必《かなら》ずこのナゾが解《と》けるはずだ」

真実《しんじつ》は決意《けつい》を固《かた》めると、写真《しゃしん》を大事《だいじ》そうにポケットの中《なか》にしまった。

死《し》者《しゃ》が戻《もど》る橋《はし》

呪《のろ》いの修学旅行《しゅうがくりょこう》1

事件編《じけんへん》

花《はな》森《もり》小《しょう》学《がっ》校《こう》の生《せい》徒《と》たちを乗《の》せたバスは、最《さい》初《しょ》の目《もく》的《てき》地《ち》——清《きよ》水《みず》寺《でら》へとやってきた。

清《きよ》水《みず》の舞《ぶ》台《たい》に降《お》り立《た》った修《しゅう》学《がく》旅《りょ》行《こう》生《せい》たち。

その眼《がん》下《か》には、京《きょう》都《と》の町《まち》が広《ひろ》がっている。

「うわー、高《たか》いなぁ！」

健《けん》太《た》は手《て》すり越《ご》しに地《じ》面《めん》をこわごわと見《み》下《お》ろした。

「清《きよ》水《みず》の舞《ぶ》台《たい》から飛《と》び降《お》りるってよく言《い》うけど、

ここから飛《と》び降《お》りたら骨折《こっせつ》じゃすまないよね？」

そのようすを見《み》て、６年《ねん》１組《くみ》の青井美希《あおいみき》はくすくすと笑《わら》い出《だ》した。

「健太《けんた》くんってホント、昔《むかし》っから怖《こわ》がりよねー」

「そういう美希《みき》ちゃんだって、震《ふる》えてるじゃないか！」

「わたしは寒《さむ》くて震《ふる》えてるだけよ。健太《けんた》くんと一緒《いっしょ》にしないでくれる？」

その日《ひ》の京都《きょうと》は、まだ秋《あき》だというのに、真冬《まふゆ》なみの寒《さむ》さだった。北風《きたかぜ》が吹《ふ》きぬける清水《きよみず》の舞台《ぶたい》の上《うえ》、修学旅行生《しゅうがくりょこうせい》たちはみな、見学《けんがく》どころではないといったようすでガタガタと震《ふる》えている。そんななか、真実《しんじつ》だけは用意周到《よういしゅうとう》にいつものマントを身《み》につけていた。

「真実《しんじつ》くん、いいね、そのマント、あったかそう……」

うらやましそうにつぶやく健太《けんた》に、真実《しんじつ》は淡々《たんたん》と答《こた》える。

「昨夜《さくや》、近畿地方《きんきちほう》は急激《きゅうげき》に気温《きおん》が下《さ》がり、京都《きょうと》は最低気温《さいていきおん》が5度《ど》を下回《したまわ》ったってニュースで言《い》ってたからね。これくらいの準備《じゅんび》は当然《とうぜん》のことさ」

そのとき、3人《にん》のうしろで、独特《どくとく》のおっとりした声《こえ》が聞《き》こえてきた。

「みなさーん、この清水寺《きよみずでら》には、見《み》どころがたーくさんあるんですよ〜。なかでもいちばんの見《み》どころは、ここ、清水《きよみず》の舞台《ぶたい》です。崖下《がけした》からの高《たか》さは、なんと18メートル。京都《きょうと》でも指折《ゆびお》りの絶景《ぜっけい》スポットっていわれているんですね〜」

解説《かいせつ》をしているのは、河合先生《かわいせんせい》だった。

美希《みき》たちのクラス、6年《ねん》1組《くみ》の担任《たんにん》の河合先生《かわいせんせい》は、大《おお》きな瞳《ひとみ》が愛《あい》らしく、生徒《せいと》たちからは「花森小《はなもりしょう》のマドンナ」と呼《よ》ばれている。

そこへ、健太《けんた》たちのクラスの担任《たんにん》、大前先生《おおまえせんせい》がやってくる。

「さすが河合先生《かわいせんせい》、大学《だいがく》で歴史《れきし》を専攻《せんこう》していただけあって、京都《きょうと》のことにお詳《くわ》しいんですね」

「まっ、イヤですわ、大前先生《おおまえせんせい》ったら！」

河合先生《かわいせんせい》は、ポッと頬《ほお》を染《そ》める。実《じつ》は、河合先生《かわいせんせい》は、３年前《ねんまえ》に花森小《はなもりしょう》学校《がっこう》に赴任《ふにん》してきて以来《いらい》、ずっと大前先生《おおまえせんせい》に片想《かたおも》いしているのだ。

「修学旅行《しゅうがくりょこう》のコースを決《き》めた責任者《せきにんしゃ》として、これくらいの知識《ちしき》は当然《とうぜん》のことですわ」

ゆるふわカールのロングヘアをゆらしながら、河合先生《かわいせんせい》はうつむいたまま、解説《かいせつ》を続《つづ》けた。

「実《じつ》はこの清水寺《きよみずでら》は、縁結《えんむす》びのお寺《てら》としても知《し》られているんですのよ。縁《えん》結《むす》びの神様《かみさま》をまつった地主神社《じしゅじんじゃ》や、お祈《いの》りすると恋《こい》がかなうといわれる首《くび》振地蔵《ふりじぞう》なんかもあって……」

「先生《せんせい》、お話《はな》し中《ちゅう》、恐縮《きょうしゅく》ですが、そろそろ次《つぎ》の場所《ばしょ》へ移動《いどう》したほうがいいんじゃありませんか？」

清水《きよみず》の舞台《ぶたい》から飛《と》び降《お》りる
江戸時代《えどじだい》に「観音様《かんのんさま》に祈《いの》って清水《きよみず》の舞台《ぶたい》から飛《と》び降《お》りれば、けがもしないし、願《ねが》いごともかなう」という迷信《めいしん》が広《ひろ》まり、実際《じっさい》に飛《と》び降《お》りた人《ひと》もたくさんいた。ちなみに、清水寺《きよみずでら》に残《のこ》る記録《きろく》によると、生存率《せいぞんりつ》は約《やく》85パーセントだったという。

マドンナ
夏目漱石《なつめそうせき》の『坊《ぼ》っちゃん』では、あこがれの女性《じょせい》のことをこう呼《よ》んだ。もともとは、イエス・キリストの母《はは》・聖《せい》母《ぼ》マリアをさした言葉《ことば》。

「……え？」

顔《かお》をあげた河合先生《かわいせんせい》の目《め》の前《まえ》にいたのは、「マジメスギ」こと杉田《すぎた》ハジメ。健太《けんた》たちのクラス、6年《ねん》2組《くみ》の学級委員長《がっきゅういいんちょう》で、規律《きりつ》を守《まも》ることを何《なに》よりの生《い》き甲斐《がい》としている生徒《せいと》だ。

「あれ？　大前先生《おおまえせんせい》は？」

河合先生《かわいせんせい》は目《め》をしばたたかせながら、ハジメにたずねる。

「珍《めずら》しいクモがいると言《い》って、あちらに行《い》かれましたよ。そんなことより、清水寺《きよみずでら》での見学《けんがく》予定時間《よていじかん》から逆算《ぎゃくさん》すると、清水《きよみず》の舞台《ぶたい》を見学《けんがく》できるのは7分間《ふんかん》だけです。時間《じかん》は、すでに3分《ぷん》オーバーしていますよ」

「やだ、わたくしったら、ついお話《はなし》に夢中《むちゅう》になっちゃって……」

両手《りょうて》を頬《ほお》に当《あ》てつぶやいたあと、河合先生《かわいせんせい》は生徒《せいと》たちに向《む》き直《なお》った。

「それじゃ、みなさん、本堂《ほんどう》のほうへ移動《いどう》しましょうか」

寒風《かんぷうふ》吹きすさぶ清水《きよみず》の舞台《ぶたい》から一刻《いっこく》も早《はや》く移動《いどう》したいと願《ねが》っていた健太《けんた》は、「助《たす》かった～」と心《こころ》の中《なか》でつぶやく。

(日《ひ》ごろはうるさいだけだけど、今日《きょう》ばっかりはマジメスギくんに感謝《かんしゃ》だな)

そのとき、ハジメは振《ふ》り返《かえ》って、健太《けんた》、真実《しんじつ》、美希《みき》の３人《にん》をキッとにらんだ。

「キミたち、見学《けんがく》は班《はん》ごとにするのが決《き》まりです。勝手《かって》に班《はん》を離《はな》れないように！」

「はいはい……」

真実《しんじつ》と美希《みき》はスルリと離《はな》れていき、健太《けんた》だけが運悪《うんわる》くその場《ば》に残《のこ》される。

クドクドと説教《せっきょう》を続《つづ》けるハジメを前《まえ》に、健太《けんた》はうんざりしながら思《おも》った。

（……前言撤回《ぜんげんてっかい》。やっぱりマジメスギくんは、うるさいだけの人《ひと》だ）


その日《ひ》の午後《ごご》は、西陣《にしじん》の町《まち》の見学《けんがく》だった。

ガチャン、ガチャン！

建物《たてもの》の中《なか》から、風情《ふぜい》あふれる機織《はたお》りの音《おと》が聞《き》こえてくる。

歩《ある》きながら河合先生《かわいせんせい》は、西陣《にしじん》について解説《かいせつ》を始《はじ》めた。

「織物《おりもの》の町《まち》として知《し》られる西陣《にしじん》には、安倍晴明《あべのせいめい》をまつった晴明神社《せいめいじんじゃ》もあるんですよ」

河合先生《かわいせんせい》がそう言《い》うと、「旅《たび》のしおり」がクシャクシャになるほど予習《よしゅう》してきた健太《けんた》は即《そく》座《ざ》に答《こた》える。

「あっ、晴明神社《せいめいじんじゃ》、ぼく知《し》ってる！」

「まあ、宮下《みやした》くん、よくお勉強《べんきょう》してるわね〜。そう、ここ西陣《にしじん》は、知《し》る人《ひと》ぞ知《し》る陰陽師《おんみょうじ》の町《まち》でもあるんですよ」

「えっ、おんみょうじ？」

健太《けんた》はキョトンとして、かたわらを歩《ある》いていた美希《みき》に小声《こごえ》でたずねた。

「ねえ、『おんみょうじ』って何《なに》？　お寺《てら》の名前《なまえ》？」

「えっ、全然《ぜんぜん》、違《ちが》うわよ」と、声《こえ》をひそめて健太《けんた》に言《い》い返《かえ》す美希《みき》。

「陰陽師《おんみょうじ》っていうのはねえ……そう、今《いま》でいうところの超能力者《ちょうのうりょくしゃ》？」

「ちょ、超能力者《ちょうのうりょくしゃ》!?」

「今《いま》から千年前《せんねんまえ》、平安時代《へいあんじだい》の京都《きょうと》は、鬼《おに》、もののけ、怨霊《おんりょう》などが跋扈《ばっこ》する、それはそれは摩訶不思議《まかふしぎ》な世界《せかい》だったの。陰陽師《おんみょうじ》は、そんなまがまがしき異界《いかい》の者《もの》たちから京《きょう》の都《みやこ》を守《まも》る役目《やくめ》を与《あた》えられた人《ひと》たちよ」

「へえ！」

「なかでも安倍晴明《あべのせいめい》はすぐれた能力《のうりょく》を持《も》つ陰陽師《おんみょうじ》で、強大《きょうだい》な力《ちから》を持《も》つ悪《あく》

跋扈《ばっこ》
「跋《ばつ》」は「越《こ》える」、「扈《こ》」は「魚《さかな》をとる竹《たけ》カゴ」。魚《さかな》がカゴからおどり越《ご》えて脱《だっ》することから、「好《す》き勝手《かって》に振《ふ》る舞《ま》うこと」をいう。

泰山府君《たいざんふくん》
中国《ちゅうごく》の泰山《たいざん》にすむという神《かみ》の名《な》。人《ひと》の生死《せいし》をつかさどる神《かみ》として、陰陽師《おんみょうじ》にまつられた。

霊《りょう》と戦《たたか》って、これを退治《たいじ》したり、『泰山府君《たいざんふくん》』という術《じゅつ》で死者《ししゃ》をよみがえらせたりしたといわれているのよ」

「すごい、すごいや、安倍晴明《あべのせいめい》。かっこいい〜〜!!」

健太《けんた》は、熱《あつ》くなった。

（もし、ぼくが安倍晴明《あべのせいめい》だったら……）

ゲームの主人公《しゅじんこう》のように、悪《あく》霊《りょう》と戦《たたか》う自分《じぶん》の姿《すがた》を想像《そうぞう》し、健《けん》太《た》はうっとりする。

すると、横《よこ》から真実《しんじつ》がボソリと言《い》った。

「それは、物語《ものがたり》の中《なか》だけの話《はなし》だよ」

「え？」

「陰陽師《おんみょうじ》として知《し》られる安倍晴明《あべのせいめい》は、実《じつ》は天文学者《てんもんがくしゃ》で、科学者《かがくしゃ》でもあったんだ」

「それじゃ、悪霊《あくりょう》と戦《たたか》ったっていうのは……？」

「単《たん》なる伝説《でんせつ》だよ。平安時代《へいあんじだい》には、病気《びょうき》や災害《さいがい》も悪霊《あくりょう》のしわざと信《しん》じられていたからね。そんな時代《じだい》の人々《ひとびと》にとって、豊富《ほうふ》な科学《かがく》の知識《ちしき》を持《も》った安倍晴明《あべのせいめい》は、神秘的《しんぴてき》な、超能力者《ちょうのうりょくしゃ》のような存在《そんざい》に映《うつ》ったのかもしれない。少《すく》なくとも、ぼくはそう解釈《かいしゃく》するね」

（科学者《かがくしゃ》かぁ……）

想像《そうぞう》の中《なか》の安倍晴明《あべのせいめい》が、健太《けんた》の顔《かお》から真実《しんじつ》の顔《かお》へと変《か》わる。すると、そっちのほうが実在《じつざい》の安倍晴明《あべのせいめい》に近《ちか》いような気《き》がしてきて、健太《けんた》は思《おも》わず、「はあ……」と溜《た》め息《いき》をついた。

西陣《にしじん》の町《まち》の見学《けんがく》が終《お》わると、待《ま》ちに待《ま》った自由行動《じゆうこうどう》の時間《じかん》となった。

「集合《しゅうごう》は2時間後《じかんご》ですよ！　5分前《ふんまえ》には、この場所《ばしょ》に戻《もど》ってくるように。それと、くれぐれも班行動《はんこうどう》だということを忘《わす》れずに！」

ハジメは、先生《せんせい》が言《い》ったことを繰《く》り返《かえ》し、みんなに言《い》い聞《き》かせる。

「ねえ」

健太《けんた》と真実《しんじつ》のもとへとやってきた美希《みき》は、小声《こごえ》でささやく。

「行《い》ってみたいところがあるんだけど、一緒《いっしょ》に来《き》てくれない？」

「どこだい、それは？」

そうたずねたのは、真実《しんじつ》だった。


「一条戻橋《いちじょうもどりばし》よ」


美希《みき》が答《こた》えると、健太《けんた》は即座《そくざ》に言《い》う。

「知《し》ってる！　晴明神社《せいめいじんじゃ》から100メートルほど行《い》ったところにある橋《はし》だって、『京都観光《きょうとかんこう》マップ』に書《か》いてあった」

「その橋《はし》にはね、死者《ししゃ》がよみがえるって言《い》い伝《つた》えがあるのよ。言《い》い伝《つた》えが本当《ほんとう》かどうか、確《たし》かめてみない？」

「うん、行《い》く行《い》く！」

健太《けんた》はすぐに乗《の》り気《き》になったが、真実《しんじつ》はそっけなく言《い》った。

「悪《わる》いけど、遊《あそ》んでいるヒマはないんだ。ぼくには、ほかにやらなくてはならないことがあるんでね」

父《ちち》の写真《しゃしん》のナゾを解《と》き明《あ》かすため、真実《しんじつ》はひとり別行動《べっこうどう》を取《と》ろうと考《かんが》えていた。

だが、歩《ある》きだした瞬間《しゅんかん》、健太《けんた》と美希《みき》に両腕《りょううで》をつかまれる。

「そんなこと言《い》わずに一緒《いっしょ》に行《い》こうよ。……ね、真実《しんじつ》くん？」

「だから、そんなヒマは……わっ！」

真実《しんじつ》は、健太《けんた》や美希《みき》に強引《ごういん》に引《ひ》っ張《ぱ》られ、共《とも》に一条戻橋《いちじょうもどりばし》へ向《む》かうことになったのだった。


「ふーん……これが死者《ししゃ》のよみがえる橋《はし》ねえ……」


一条戻橋《いちじょうもどりばし》に着《つ》いたとたん、真実《しんじつ》は皮肉《ひにく》たっぷりにつぶやいた。それは繁華街《はんかがい》の川《かわ》にかかる、どこにでもあるような橋《はし》だった。

「これって、わりと新《あたら》しい橋《はし》だよね？」

健太《けんた》も、少《すこ》しガッカリしたように言《い》った。

「古《ふる》い、新《あたら》しいは関係《かんけい》ないの。橋《はし》がかかっている場所《ばしょ》が重要《じゅうよう》なのよ！　ここは千年《せんねん》以《い》上前《じょうまえ》からいろいろと不思議《ふしぎ》な現象《げんしょう》が起《お》きているパワースポットなの。この橋《はし》を渡《わた》って、実際《じっさい》に生《い》き返《かえ》った人《ひと》だっているんだから！」

美希《みき》はムキになって言《い》い返《かえ》し、その橋《はし》が「戻橋《もどりばし》」と呼《よ》ばれるようになったいわれをふたりに語《かた》り始《はじ》める。

「平安時代《へいあんじだい》、浄蔵《じょうぞう》という名《な》のお坊《ぼう》さんがいたの。その人《ひと》が山《やま》で修行《しゅぎょう》をしていたとき、お父《とう》さんが危篤《きとく》という知《し》らせが届《とど》いたの

ね。ひと目《め》、生《い》きているお父《とう》さんに会《あ》いたい——そう思《おも》った浄蔵《じょうぞう》は、すぐに山《やま》をおりて、お父《とう》さんのいる京《きょう》を目指《めざ》し一目散《いちもくさん》に走《はし》った」

「……それで？　浄蔵《じょうぞう》さんは、お父《とう》さんに会《あ》えたの？」

「ようやく京都《きょうと》にたどり着《つ》き、この橋《はし》の上《うえ》にさしかかったとき、向《む》かいから葬儀《そうぎ》の列《れつ》がやってきたの。棺《ひつぎ》をかかえていたのは親戚《しんせき》の人《ひと》たちで……」

「それじゃ、お父《とう》さんは……？」

「浄蔵《じょうぞう》は、間《ま》に合《あ》わなかったのね。お父《とう》さんの棺《ひつぎ》にすがりつき、さめざめと泣《な》いた。そして、泣《な》きながら祈《いの》ったの。『どうか父上《ちちうえ》を……父上《ちちうえ》を生《い》き返《かえ》らせてくだされーっ!!』」

話《はなし》にのめりこんだ美希《みき》は、どんどん芝居《しばい》がかった口調《くちょう》になっていく。

「そのとき、晴《は》れ渡《わた》った空《そら》が一天《いってん》にわかにかき曇《くも》り、**ピカーッ、**

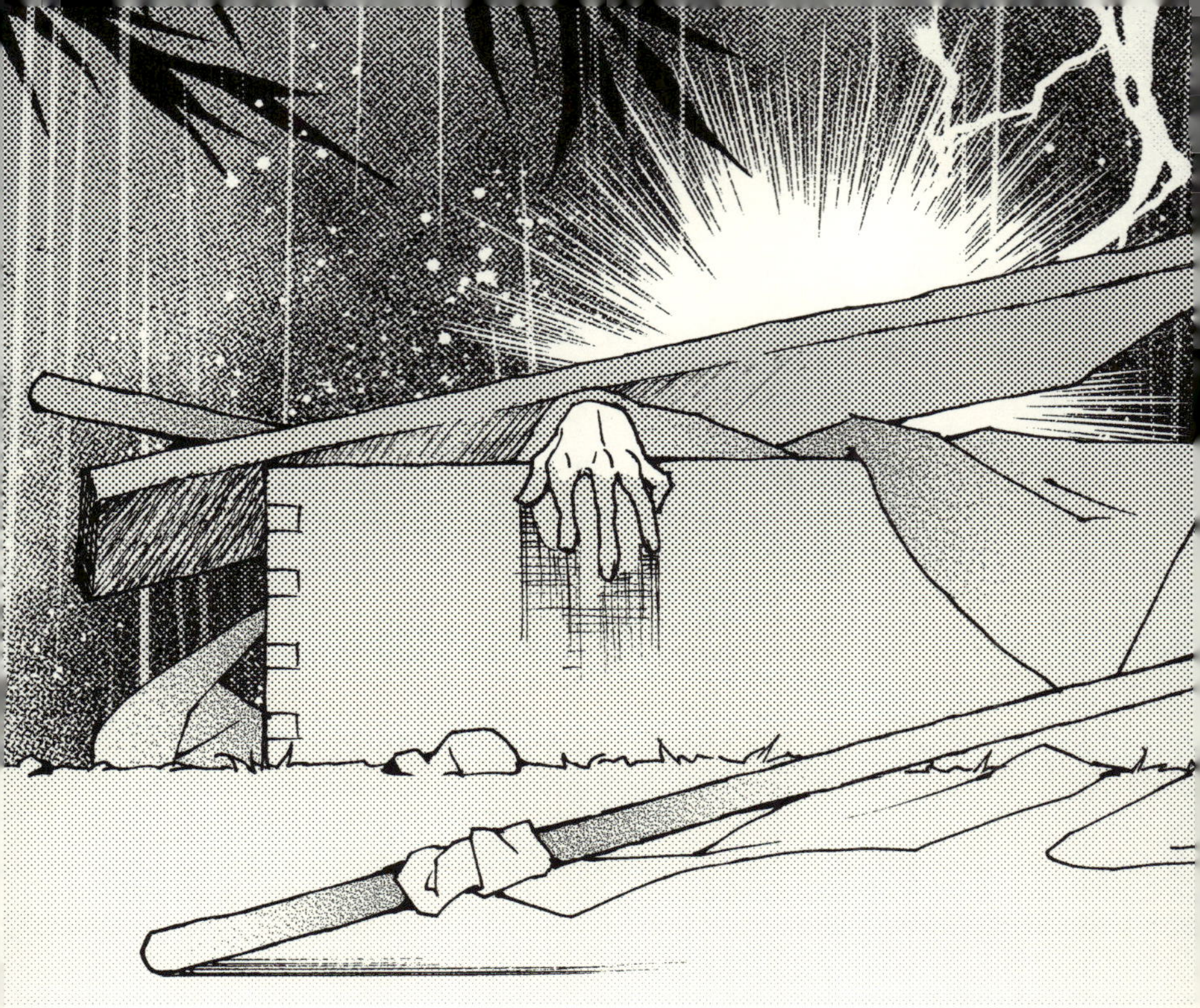

ゴロゴロ、ドッシャーン！
雷鳴《らいめい》が轟《とどろ》いた。そして棺桶《かんおけ》のふたが音《おと》を立《た》てはじめたの。**コトンッコトンッ、ガタガタッ、バキバキッ、ガバッー!!**」

「ひっ！」

思《おも》わず、耳《みみ》をふさぐ健太《けんた》。

「なんと目《め》の前《まえ》には――」

ますます調子《ちょうし》に乗《の》った美希《みき》は、しばらく間《ま》をおいたあと、最後《さいご》のオチを言《い》おうと身構《みがま》えた。

「父親《ちちおや》が息《いき》を吹《ふ》き返《かえ》したんだろ？」

そのとき、真実《しんじつ》があっさりオチを言《い》ってしまう。

「だって、ほら……」

真実《しんじつ》は、目《め》の前《まえ》にある案内板《あんないばん》を指《ゆび》さした。そこには、たった今《いま》、美希《みき》が語《かた》った一条戻橋《いちじょうもどりばし》のいわれが書《か》かれている。

話《はなし》の腰《こし》を折《お》られて美希《みき》はムッとしたが、しかし、すぐに気《き》を取《と》り直《なお》すと、目《め》を輝《かがや》かせながら言《い》った。

「ねえ、これって、すごい奇跡《きせき》だと思《おも》わない？」

「いや、奇跡《きせき》でもなんでもない。科学《かがく》で説明《せつめい》できることさ」

真実《しんじつ》は、事《こと》もなげに言《い》う。

「死《し》んだ人《ひと》が生《い》き返《かえ》った話《はなし》は、世界的《せかいてき》にもよくあることなんだ。そのお坊《ぼう》さんの父親《ちちおや》は、仮《か》死状態《しじょうたい》だったんだろう。昔《むかし》は医学《いがく》が発達《はったつ》していなかったから、仮死状態《かしじょうたい》の人《ひと》を死《し》んだと見《み》間違《まちが》う誤診《ごしん》も、かなりあったんじゃないのかな？」

「それじゃ、橋《はし》を渡《わた》ったから、死者《ししゃ》がよみがえったわけじゃなくて……」

美希《みき》の仏頂面《ぶっちょうづら》に気《き》づかず、健太《けんた》は真実《しんじつ》に問《と》い返《かえ》した。

「そう、たまたまさ。この橋《はし》を渡《わた》っていたとき、仮死状態《かしじょうたい》だった父親《ちちおや》がたまたま息《いき》を吹《ふ》き返《かえ》した。そのウワサに尾《お》ひれがついて、『渡《わた》ると死者《ししゃ》が戻《もど》る橋《はし》』ってことになったんだよ」

「まったく、謎野《なぞの》くんときたら、なんでも科学科学《かがくかがく》って、ロマンがないんだから！」

盛《も》り上《あ》がった気分《きぶん》をそがれ、美希《みき》は溜《た》め息《いき》をついた。


ひとりの女《おんな》の子《こ》が、橋《はし》のたもとにやってきたのは、そのときだった。

女《おんな》の子《こ》は7歳《さい》くらいで、小《ちい》さなカゴを手《て》にしている。カゴの中《なか》には1匹《ぴき》のハムスターが入《はい》っていたが、あおむけになったまま、ピクリとも動《うご》かなかった。


「お願《ねが》い……生《い》き返《かえ》って……」


女《おんな》の子《こ》は立《た》ち止《ど》まると、カゴの中《なか》のハムスターを見《み》つめながら、つぶやく。

そして、カゴを手《て》に、橋《はし》を渡《わた》ろうとしはじめた。

「ねえ、あの子《こ》……」

「え？」

「ひょっとして、あの死《し》んだハムスターを生《い》き返《かえ》らせようとしてるんじゃない？」

美希《みき》に言《い》われ、健太《けんた》と真実《しんじつ》は、女《おんな》の子《こ》のほうを見《み》る。

女《おんな》の子《こ》は、祈《いの》るような表情《ひょうじょう》でくちびるを噛《か》みしめていた。

そのとき、同《おな》じ年《とし》ごろの男《おとこ》の子《こ》が数人《すうにん》、どやどやとやってきて、女《おんな》の子《こ》を取《と》り囲《かこ》んだ。

「おまえ、アホやな」

「ホンマに、ハムスターが生《い》き返《かえ》ると思《おも》ってんのか？」

「だって、この橋《はし》は『死者《ししゃ》が戻《もど》る橋《はし》』やって、おばあちゃんがゆうてたもん」

「そんなん、ただの迷信《めいしん》に決《き》まってるやん」

「そやそや。橋《はし》を渡《わた》ったからって、死《し》んだもんが生《い》き返《かえ》るはずないやろ？」

男《おとこ》の子《こ》たちはそう言《い》って、女《おんな》の子《こ》を指《ゆび》さし、ゲラゲラと笑《わら》いだした。

「生《い》き返《かえ》るもん！　絶対《ぜったい》に……生《い》き返《かえ》るもん……」

女《おんな》の子《こ》は必死《ひっし》に言《い》い返《かえ》していたが、とうとう泣《な》きだしてしまう。

「ねえ、あの子《こ》、かわいそうじゃない？　謎野《なぞの》くん、お得意《とくい》の科学《かがく》で、なんとかしてあげてよ」

真実《しんじつ》と健太《けんた》を振《ふ》り返《かえ》りながら、美希《みき》は言《い》った。

「無理《むり》だな。科学《かがく》の力《ちから》をもってしても、死《し》んだ動物《どうぶつ》を生《い》き返《かえ》らせることはできない」

そっけなく答《こた》える真実《しんじつ》に、「まったく……」と美希《みき》はくちびるをとがらせた。

「あっ！」

そのとき、健太《けんた》が突然《とつぜん》叫《さけ》ぶ。

「待《ま》って。いい方法《ほうほう》があるよ！」

健太《けんた》はそう言《い》うと、川辺《かわべ》のしげみの中《なか》へと走《はし》っていき、両手《りょうて》にひとすくいの枯《か》れ葉《は》を持《も》って、戻《もど》ってきた。

「枯《か》れ葉《は》なんか持《も》ってきて、どうするの？」

「いいから、ぼくにまかせて」

けげんそうな顔《かお》の美希《みき》に、健太《けんた》はそう答《こた》え、枯《か》れ葉《は》を手《て》にしたまま、女《おんな》の子《こ》をからかっていた男《おとこ》の子《こ》たちのほうへと歩《あゆ》み寄《よ》る。

「この橋《はし》の力《ちから》は本物《ほんもの》だよ。みんな、見《み》てて！　ぼくが今《いま》からこの橋《はし》を渡《わた》って、枯《か》れ葉《は》を生《い》き返《かえ》らせてみせるからね！」

健太《けんた》は、男《おとこ》の子《こ》たちに宣言《せんげん》した。

「枯《か》れ葉《は》を生《い》き返《かえ》らせる？」

「それ、どういうことなん？」

男《おとこ》の子《こ》たちは、キョトンとする。

「枯《か》れ葉《は》が、生《い》き物《もの》のように動《うご》きだすってことだよ」

「ええ!?」

「そんなこと、できるわけないやん」

男《おとこ》の子《こ》たちは、健太《けんた》をバカにしきった目《め》で見《み》ながら、口々《くちぐち》に言《い》った。

健太《けんた》は気《き》にせず、ゆっくり橋《はし》を渡《わた》りはじめる。

橋《はし》の真《ま》ん中《なか》まで行《い》くと、健太《けんた》は立《た》ち止《ど》まった。

「ヨミガエーレ！　ヨミガエーレ！」

枯《か》れ葉《は》に向《む》かって呪文《じゅもん》を唱《とな》えはじめる健太《けんた》。

しばらくして、健太《けんた》の手《て》の中《なか》で、枯《か》れ葉《は》がガサゴソと動《うご》きはじめた。

「ウソやろ!?」

駆《か》け寄《よ》って、健太《けんた》の手元《てもと》をのぞきこむ男《おとこ》の子《こ》たち。

次《つぎ》の瞬間《しゅんかん》、枯《か》れ葉《は》はパタパタと羽《は》ばたいて、男《おとこ》の子《こ》たちの頭上《ずじょう》へと舞《ま》い上《あ》がった。

「うわー!」

「ひええっ!」

まるで生《い》き物《もの》のようにパタパタと飛《と》び回《まわ》る枯《か》れ葉《は》に、男《おとこ》の子《こ》たちはパニックになり、悲鳴《ひめい》をあげる。

「か、枯《か》れ葉《は》のお化《ば》け！」

「ゾンビ枯《か》れ葉《は》や！」


男《おとこ》の子《こ》たちは先《さき》を争《あらそ》うようにしながら、その場《ば》から逃《に》げ出《だ》していった。

「お兄《にい》ちゃん、すごい！」

カゴを持《も》った女《おんな》の子《こ》は、目《め》を輝《かがや》かせながら、健太《けんた》に言《い》う。

「健太《けんた》くん、やるじゃない！」

美希《みき》も、健太《けんた》をすっかり見直《みなお》したようだった。

「いや、べつにすごくなんか……ちょっとやりすぎちゃったかな、あはは……」

そう言《い》って、照《て》れ笑《わら》いする健太《けんた》。

「さっき飛《と》んでいったのは、クロコノマチョウっていってね、枯《か》れ葉《は》そっくりに擬態《ぎたい》をする蝶《ちょう》なんだ」

「……ギタイ？」

「そう、モノマネのことだよ。さっきたまたま、しげみにクロコノマチョウがいるのを見《み》かけてね、枯《か》れ葉《は》のモノマネが得意《とくい》な性質《せいしつ》を利用《りよう》すれば、あの子《こ》たちを驚《おどろ》かすことができると思《おも》ったんだ」

「……そうやったんや」

女《おんな》の子《こ》のさびしげなようすに、健太《けんた》はまったく気《き》づかない。

「ぼく、自慢《じまん》じゃないけど、昆虫《こんちゅう》には詳《くわ》しいんだよね。理科《りか》は苦手《にがて》だけど、昆虫《こんちゅう》のことなら何《なん》でも知《し》ってるよ」

「じゃあ……ほんまに生《い》き返《かえ》ったわけやないんやね」

「……え？」

見《み》ると、女《おんな》の子《こ》は、さっきよりもしょんぼりしたようすでうつむいていた。

健太《けんた》は、どう答《こた》えていいのかわからず、言葉《ことば》を失《うしな》う。

そのとき、それまで口元《くちもと》に手《て》をあてて黙《だま》って見《み》ていた真実《しんじつ》が、女《おんな》の子《こ》に声《こえ》をかけた。

「そのハムスター、ちょっとぼくに見《み》せてくれるかい？」

「えっ？」

真実《しんじつ》は女《おんな》の子《こ》に歩《あゆ》み寄《よ》ると、かがみ込《こ》んで、右手《みぎて》を差《さ》し出《だ》した。

女《おんな》の子《こ》はためらいながらも、ハムスターをカゴから取《と》り出《だ》すと、真実《しんじつ》の手《て》のひらにのせる。ハムスターは相変《あいか》わらず、あおむけにひっくり返《かえ》ったまま、ピクリとも動《うご》かなかったが、真実《しんじつ》はしばらくハムスターをじっと見《み》つめたあと、こうつぶやいた。

「ひょっとしたら、生《い》き返《かえ》るかもしれない……」

「えっ、ホンマに⁉」

女《おんな》の子《こ》は期待《きたい》のこもった目《め》で、真実《しんじつ》を見《み》る。

真実《しんじつ》はうなずくと、ハムスターを両手《りょうて》で包《つつ》み込《こ》むようにしながら、「はああー」と、息《いき》を吹《ふ》きかけはじめた。

「謎野《なぞの》くん、何《なに》をするつもりなのかしら？」

「もしかして……本当《ほんとう》に奇跡《きせき》を起《お》こそうとしているのかな？」

ぼう然《ぜん》としている美希《みき》と健太《けんた》にかまわず、

真実《しんじつ》は、何度《なんど》も何度《なんど》もハムスターに「はあぁー、はあぁー」と息《いき》を吹《ふ》きかけ続《つづ》ける。

そのときだった。
それまでピクリとも動《うご》かなかったハムスターが、真実《しんじつ》の手《て》の中《なか》で、もぞもぞと動《うご》きはじめたのである。

「あれ？」

「い、今《いま》、動《うご》いたよね？」

健太《けんた》と美希《みき》が顔《かお》を見合《みあ》わせるなか、ハムスターはクルリと半回転《はんかいてん》すると、真実《しんじつ》の手《て》の中《なか》で立《た》ち上《あ》がり、「チッ」と、ひと声《こえ》鳴《な》いた。

「生《い》き返《かえ》った！」

「奇跡《きせき》だわ！」


健太《けんた》と美希《みき》は、目《め》を丸《まる》くする。

女《おんな》の子《こ》も驚《おどろ》きの表情《ひょうじょう》で、生《い》き返《かえ》ったハムスターを見《み》つめた。

「ほら、もうだいじょうぶだよ」

真実《しんじつ》はそう言《い》うと、ハムスターを女《おんな》の子《こ》の手《て》のひらにのせる。

さっきまで泣《な》き顔《がお》だった女《おんな》の子《こ》は、満面《まんめん》の笑顔《えがお》になった。

「……あったかい」

ハムスターのぬくもりを感《かん》じながら、女《おんな》の子《こ》はつぶやく。その手《て》の中《なか》で、ハムスターは小《こ》刻《きざ》みに体《からだ》を動《うご》かしながら、「チッ、チッ」と鳴《な》いた。

それを見《み》て、「……よかった」とほほえみを交《か》わし合《あ》う健太《けんた》と美希《みき》。

真実《しんじつ》もほほえみながら、女《おんな》の子《こ》に言《い》った。

「その子《こ》は寒《さむ》がりだから、暖《あたた》かい場所《ばしょ》に置《お》いてあげるといいよ」

「うん！」

「それと、体力《たいりょく》が回復《かいふく》するように、ハチミツや砂糖《さとう》をお湯《ゆ》で溶《と》かしたものをゆっくり飲《の》ませてあげるといい」

「わかった！」

女《おんな》の子《こ》は、うれしそうに答《こた》える。そして、ハムスターをそっとカゴに戻《もど》した。

「お兄《にい》ちゃん、お姉《ねえ》ちゃん、ありがとう！」

女《おんな》の子《こ》は笑顔《えがお》で手《て》を振《ふ》りながら、その場《ば》を離《はな》れていく。

健太《けんた》、美希《みき》、真実《しんじつ》の３人《にん》も、笑顔《えがお》で手《て》を振《ふ》りながら、女《おんな》の子《こ》を見送《みおく》った。


「しっかし、驚《おどろ》いたわー。いったいどうやってハムスターを生《い》き返《かえ》らせたの？」

「もしかして……死者《ししゃ》をよみがえらせる術《じゅつ》を使《つか》ったとか？」

「まさか……」

サラサラの髪《かみ》をかきあげながら、真実《しんじつ》はつぶやいた。

昨夜《さくや》から京都《きょうと》は
とても寒《さむ》かった。
そのことが関係《かんけい》
しているよ

解《かい》決《けつ》編《へん》

「……そういえば、謎野《なぞの》くん、言《い》ってたわよね？　浄蔵《じょうぞう》のお父《とう》さんは亡《な》くなったわけじゃない、仮死状態《かしじょうたい》だったって」

「えっ、じゃあ、もしかして、あのハムスターも仮死状態《かしじょうたい》だったってこと？」

「そのとおりさ。正確《せいかく》には『疑似冬眠《ぎじとうみん》』という冬眠《とうみん》に近《ちか》い状態《じょうたい》だったんだ」

真実《しんじつ》は説明《せつめい》を始《はじ》めた。

「昨夜《さくや》、近畿地方《きんきちほう》は急激《きゅうげき》に気温《きおん》が下《さ》がり、京都《きょうと》は最低気温《さいていきおん》が5度《ど》を下回《したまわ》った。ハムスターは寒《さむ》さに弱《よわ》い動物《どうぶつ》だからね。急激《きゅうげき》に気温《きおん》が下《さ》がると、さっきみたいな状態《じょうたい》になることがよくあるんだ。摂氏《せっし》10度《ど》以下《いか》で動《うご》きが鈍《にぶ》くなり、5度《ど》以下《いか》になると、疑似冬眠《ぎじとうみん》に入《はい》るといわれている」

「じゃあ、ハムスターの体《からだ》を温《あたた》めるために、息《いき》を吹《ふ》きかけてたの？」

「もちろん、そうさ」

「……なんだ。ぼくはてっきり、よみがえりの術《じゅつ》かと思《おも》っちゃったよ」

真顔《まがお》で言《い》う健太《けんた》に、真実《しんじつ》は苦笑《にがわら》いする。

「でも、どうして寒《さむ》いと、ハムスターは疑似冬眠《ぎじとうみん》に入《はい》るの？　そもそも、ふつうの冬眠《とうみん》とどう違《ちが》うわけ？」

そうたずねる美希《みき》に、「いい質問《しつもん》だね」と言《い》いながら真実《しんじつ》は答《こた》える。

「冬眠《とうみん》は本来《ほんらい》、厳《きび》しい自然環境《しぜんかんきょう》を生《い》き抜《ぬ》くための手段《しゅだん》なんだ。クマやリスなどには、そのメカニズムが備《そな》わっていて、寒《さむ》くて食料《しょくりょう》が不足《ふそく》する冬《ふゆ》になると、体温《たいおん》が下《さ》がり、呼吸数《こきゅうすう》や心拍数《しんぱくすう》も減《へ》る。冬眠状態《とうみんじょうたい》になることで、エネルギーの消費《しょうひ》を節約《せつやく》しているんだ」

「つまり、食《た》べなくても平気《へいき》になるってことね」

「へえ、便利《べんり》だなぁ。だったら、ぼくも冬眠《とうみん》したい！　冬《ふゆ》はニガテだし、寒《さむ》いと朝《あさ》、起《お》きられないから……」

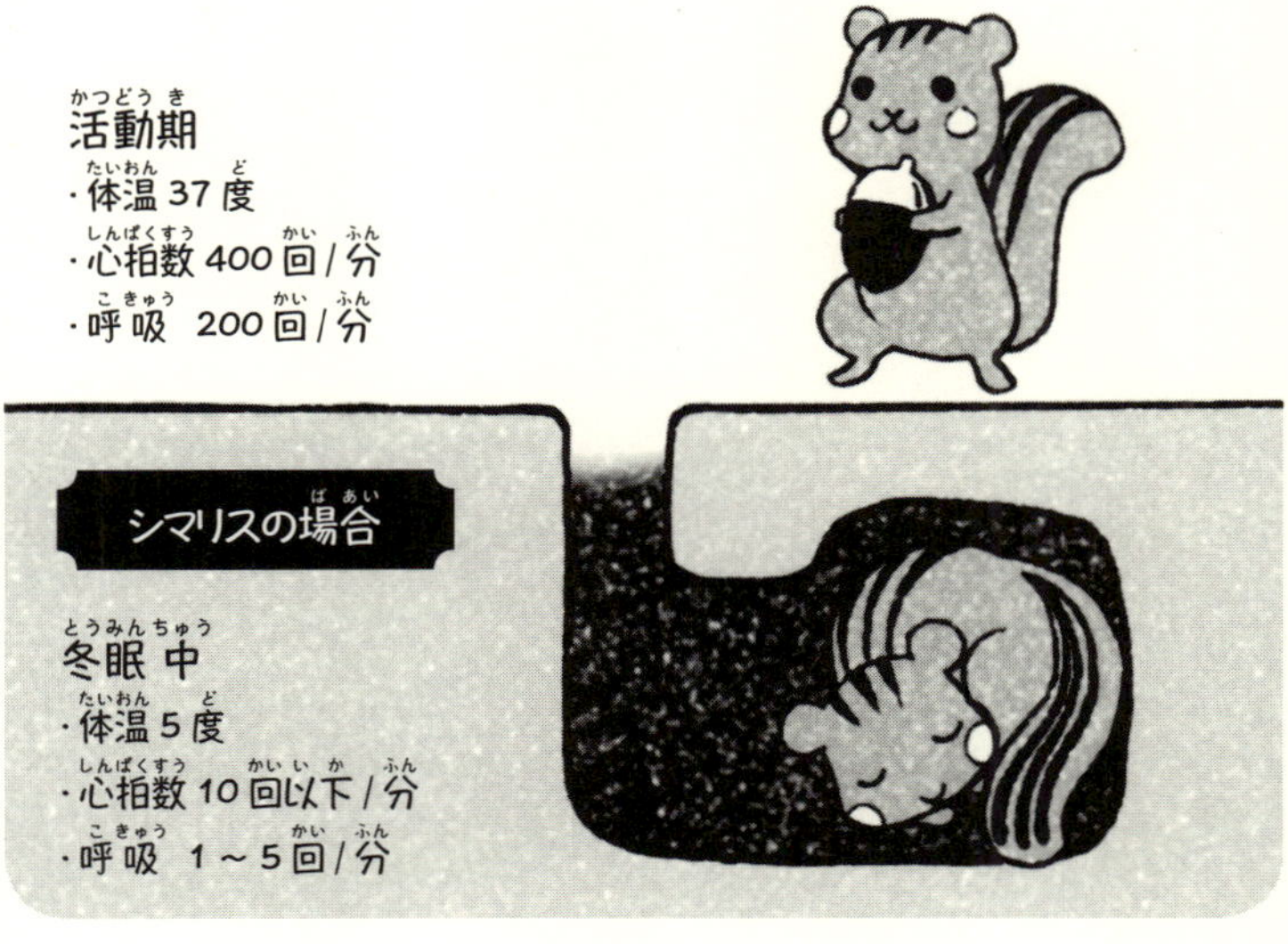
活動期《かつどうき》
・体温《たいおん》37度《ど》
・心拍数《しんぱくすう》400回《かい》/分《ふん》
・呼吸《こきゅう》 200回《かい》/分《ふん》
シマリスの場合《ばあい》
冬眠中《とうみんちゅう》
・体温《たいおん》5度《ど》
・心拍数《しんぱくすう》10回以下《かいいか》/分《ふん》
・呼吸《こきゅう》 1～5回《かい》/分《ふん》

「残念《ざんねん》ながら、人間《にんげん》の体《からだ》は冬眠《とうみん》に適応《てきおう》するようにはできていない。ふつう、人間《にんげん》は体温《たいおん》が約《やく》30度以下《どいか》まで下《さ》がると命《いのち》が危《あぶ》ないんだ」

同《おな》じことがハムスターについてもいえると、真実《しんじつ》は言《い》う。

「ハムスターは本来《ほんらい》、暖《あたた》かい場所《ばしょ》に生息《せいそく》する生《い》き物《もの》で、冬眠《とうみん》はしない。だから、疑似冬眠《ぎじとうみん》とはいうものの、冬眠《とうみん》とは名《な》ばかりで、ハムスターにとっては、とても危険《きけん》な状態《じょうたい》なんだ」

「見《み》つけたら、すぐに温《あたた》めて、起《お》こしてあげなきゃいけないんだね？」

「その前《まえ》に、寒《さむ》くなりすぎないように注意《ちゅうい》して飼《か》うことが大事《だいじ》だよ」

真実《しんじつ》の言葉《ことば》に、健太《けんた》と美希《みき》は感心《かんしん》したように、うなずいた。

「真実《しんじつ》くん、キミってやっぱりすごいや〜！　ぼくは昆虫《こんちゅう》のことしか知《し》らないのに、キミはなんでも知《し》っている」

「いや、クロコノマチョウを見《み》つけた健太《けんた》くんも、なかなかのものさ。キミこそ、まるで陰陽師《おんみょうじ》のようだったじゃないか」

「ホントに!?」

人間《にんげん》の冬眠《とうみん》？
スウェーデンで、雪《ゆき》で車《くるま》に閉《と》じ込《こ》められた男性《だんせい》が2か月間《げつかん》を水《みず》だけで過《す》ごしていたとのニュースがあった。また日本《にほん》でも、山《やま》で遭難《そうなん》した男性《だんせい》が24日後《にちご》に体温《たいおん》が22度《ど》に下《さ》がった状態《じょうたい》で救助《きゅうじょ》されたことがある。

真実《しんじつ》に陰陽師《おんみょうじ》のようだったと言《い》われ、健太《けんた》は胸《むね》が熱《あつ》くなった。

「でも、あのハムスターが疑似冬眠状態《ぎじとうみんじょうたい》だったって、どうやって見破《みやぶ》ったの？」

真実《しんじつ》にたずねる美希《みき》。

「いや……疑似冬眠《ぎじとうみん》だったかどうかは、ぼくにも確信《かくしん》がなかったんだ」

「え？」

「だから、生《い》き返《かえ》ってくれたときは……心《こころ》からホッとしたよ」

目《め》を伏《ふ》せながら、真実《しんじつ》はボソリとつぶやく。

「ねえ、これってやっぱり、一条戻橋《いちじょうもどりばし》の奇跡《きせき》だったんじゃない？」

美希《みき》が言《い》うと、健太《けんた》は目《め》を輝《かがや》かせた。

「そうだよ、女《おんな》の子《こ》の力《ちから》になりたいという真実《しんじつ》くんのやさしい思《おも》いが天《てん》に通《つう》じたんだ！　浄《じょう》蔵《ぞう》がお父《とう》さんをよみがえらせたときのように……」

熱《あつ》く語《かた》る健太《けんた》に、真実《しんじつ》はあきれて言《い》う。

「まったくキミたちときたら……どうしてそう、非科学的《ひかがくてき》なんだろうね」

「いいじゃない？　奇跡《きせき》って考《かんが》えたほうが、ロマンがあるでしょ？」

「そうそう。マロンだよ、マロン！」

「ロマンでもマロンでもいいけど、自由行動《じゆうこうどう》って何時《なんじ》までだったかな？　そろそろ、戻《もど》ったほうがいいだろうね」

真実《しんじつ》に言《い》われ、健太《けんた》と美希《みき》はハッと凍《こお》りついた。

「たいへん！　集合時間《しゅうごうじかん》、過《す》ぎちゃってる！」

「うわーっ！　マジメスギくんに怒《おこ》られちゃうよーっ！」

夕暮《ゆうぐ》れ迫《せま》る一条戻橋《いちじょうもどりばし》。

3人《にん》はあわてて駆《か》け出《だ》していった。

I

SCIENCE TRICK DATA FILE

科学《かがく》トリック データファイル

Q. 擬態《ぎたい》する生《い》き物《もの》って、昆虫《こんちゅう》以外《いがい》にもいるの?

モノマネでだます「擬態《ぎたい》」

「擬態《ぎたい》」とは、生《い》き物《もの》が自分《じぶん》以外《いがい》の別《べつ》の物《もの》に外見《がいけん》を似《に》せること。お話《はなし》に出《で》てきたクロコノマチョウ以外《いがい》にも、擬態《ぎたい》をする昆虫《こんちゅう》はたくさんいます。擬態《ぎたい》には、自分《じぶん》を食《た》べる敵《てき》に見《み》つかりにくく、獲物《えもの》に近《ちか》づくときにも見《み》つかりにくいという利点《りてん》があります。

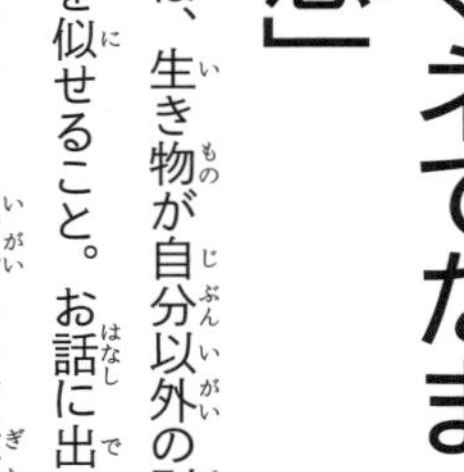

ハチに似《に》た体《からだ》のため、敵《てき》が近《ちか》づかない「スカシバ」

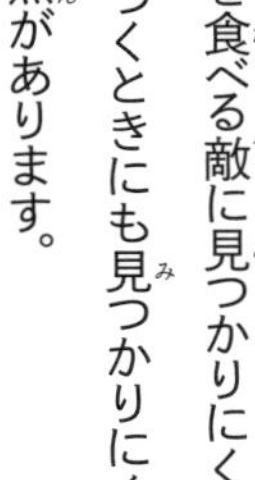

木《こ》の葉《は》にそっくりな「コノハムシ」

昆虫《こんちゅう》以外《いがい》にも、葉《は》っぱにそっくりな魚《さかな》や、鳥《とり》のフンに似《に》たクモなど、擬態《ぎたい》が得意《とくい》な生《い》き物《もの》がいます。なかでも、モノマネ名人《めいじん》なのが、ミミックオクトパスというタコ。体《からだ》の形《かたち》を変《か》えて、ウミヘビやヒラメ、イソギンチャクなど、いくつもの生《い》き物《もの》に似《に》せて、敵《てき》をあざむきます。

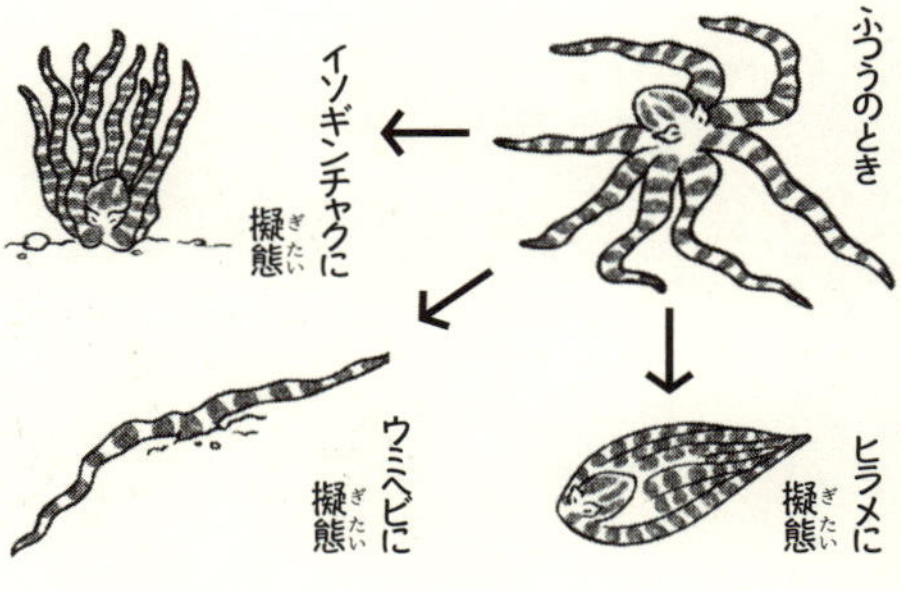
ふつうのとき
イソギンチャクに擬態《ぎたい》
ヒラメに擬態《ぎたい》
ウミヘビに擬態《ぎたい》

A.擬態《ぎたい》するのは昆虫《こんちゅう》が多《おお》いけど、ほかにもいるよ

呪《のろ》いの逆《さか》さ少女《しょうじょ》

呪《のろ》いの修学旅行《しゅうがくりょこう》2

事《じ》件《けん》編《へん》

修学旅行《しゅうがくりょこう》1日目《にちめ》の夕方《ゆうがた》。

花森小学校《はなもりしょうがっこう》の生徒《せいと》たちは、バスにゆられて、今晩泊《こんばんと》まる予定《よてい》の旅館《りょかん》に向《む》かっていた。

自由行動後《じゆうこうどうご》の集合時間《しゅうごうじかん》に遅《おく》れてしまった健太《けんた》、真実《しんじつ》、美希《みき》の3人《にん》は、バスに乗《の》り込《こ》む前《まえ》にハマセンにこってりと油《あぶら》をしぼられた。

それ以上《いじょう》に、時間《じかん》の管理《かんり》に厳《きび》しい、「マジメスギ」こと、杉田《すぎた》ハジメには、ここぞとばかりに説教《せっきょう》されてしまった。

「自分《じぶん》さえよければいいという考《かんが》えが、みんなに迷惑《めいわく》をかけるのです。謎野《なぞの》くんは、最近《さいきん》、宮下《みやした》くんと一緒《いっしょ》にいて、だらしなくなってきたのではないですか」

「なんでぼくと一緒《いっしょ》にいると、だらしなくなるのさ……」

健太《けんた》は小声《こごえ》でつぶやいた。

一方《いっぽう》、6年《ねん》1組《くみ》のバスの中《なか》では、今回《こんかい》の修学旅行《しゅうがくりょこう》のルートが、マニアックすぎると話題《わだい》になっていた。

「旅《たび》のしおり」を見《み》ていたゆっこが、となりの座席《ざせき》の美希《みき》に話《はな》しかけた。

「確《たし》かに、あまり知《し》られてない、お寺《てら》や神社《じんじゃ》も多《おお》いわよね」

「……もしかして、このルートを決《き》めたのは、河合先生《かわいせんせい》かも」

「どうしてそう思《おも》うの？」

「だって、ほらっ」

と、美希《みき》は、ななめ前《まえ》の席《せき》に座《すわ》る河合先生《かわいせんせい》のほうへ目《め》をやった。

河合先生《かわいせんせい》は、よほど疲《つか》れたのか、ひざの上《うえ》に雑誌《ざっし》を開《ひら》いたまま、ウトウト居眠《いねむ》りをしている。

雑誌《ざっし》には、ふせんがびっしりと貼《は》られていた。

「この雑誌《ざっし》を見《み》て！」

ゆっこが開《ひら》いているページをのぞきこむと、そこには、「恋《こい》する京都《きょうと》」という大《おお》きな文字《もじ》。


「今回行《こんかいい》く場所《ばしょ》がぜんぶのってる！」


そのどれもが、お参《まい》りすると恋《こい》が実《みの》るといわれているお寺《てら》や神社《じんじゃ》だったのだ。

「これから向《む》かう旅館《りょかん》のことも書《か》いてあるわ。自慢《じまん》の天然温泉《てんねんおんせん》は、とても肌《はだ》によくて美人《びじん》の湯《ゆ》として有名《ゆうめい》だって。やっぱり、河合先生《かわいせんせい》の趣味《しゅみ》で決《き》めたのね」

気配《けはい》に気《き》づいたのか、ハッと目《め》を覚《さ》ました河合先生《かわいせんせい》は、口元《くちもと》のよだれをレースのハンカチでふきながら、あわてて取《と》りつくろう。

「あらっ、わたくしったら。居眠《いねむ》りしちゃうなんて」

「河合先生《かわいせんせい》、今回《こんかい》のルートは、この雑《ざっ》誌《し》を参考《さんこう》にして決《き》めたんですか？」

美希《みき》が聞《き》くと、河合先生《かわいせんせい》は、

「こ、これは今日《きょう》、たまたま持《も》ってきただけですわ。オホホホ」

と、あわてて雑誌《ざっし》をしまいこんだ。

バスが目的地《もくてきち》である旅館《りょかん》に到着《とうちゃく》し

た。ライトアップされた門《もん》から、石畳《いしだたみ》が建物《たてもの》の入《い》り口《ぐち》まで延《の》びている。着《き》物姿《ものすがた》の女性《じょせい》が迎《むか》えに出《で》ていた。

この「美龍仙旅館《びりゅうせんりょかん》」は、とても歴史《れきし》がある旅館《りょかん》だ。木造《もくぞう》の数寄屋造《すきやづく》りの建物《たてもの》は、時代《じだい》を重《かさ》ねた風格《ふうかく》がただよっている。

ハマセンや大前先生《おおまえせんせい》は「なんとも風情《ふぜい》がありますね～」と大喜《おおよろこ》びだ。

「確《たし》かに、おもむきがあるね」

と、真実《しんじつ》も珍《めずら》しく感心《かんしん》している。

「……なんか幽霊《ゆうれい》でも出《で》そうな雰囲気《ふんいき》じゃない？」

健太《けんた》が言《い》うと、どこからか美希《みき》がやってきて会話《かいわ》に加《くわ》わった。

「京都《きょうと》は魔《ま》の都《みやこ》っていうし、どうせなら、京都《きょうと》の幽霊《ゆうれい》に会《あ》ってみたいわね」

「ヨーロッパでは歴史《れきし》があるもののほうが価値《かち》があるんだ。イギリスでは、むしろ幽霊《ゆうれい》が出《で》るとうわさのある古《ふる》い物件《ぶっけん》のほうが人気《にんき》だったりするんだよ」

幽霊《ゆうれい》が出《で》る物件《ぶっけん》
イギリスでは、「ここで殺《ころ》されたメイド」「頭巾《ずきん》をかぶった修道《しゅうどう》士《し》」など、どんな幽霊《ゆうれい》が出《で》るかが広告《こうこく》に記《しる》されたりして、通常《つうじょう》の物《ぶっ》件《けん》より高値《たかね》で取引《とりひき》されているという。
※石原孝哉著『幽霊のいる英国史』（集英社新書）から

真実《しんじつ》は淡々《たんたん》と解説《かいせつ》する。

「ぼく、不思議《ふしぎ》な話《はなし》は大好《だいす》きだけど、幽霊《ゆうれい》をホントに見《み》るのは、怖《こわ》いからいやだよ～」

おびえる健太《けんた》におかまいなく、真実《しんじつ》と美希《みき》はさっさと旅館《りょかん》の中《なか》に入《はい》っていく。

健太《けんた》はあわててあとを追《お》いかけた。


館内《かんない》は、古《ふる》いつくりだが落《お》ち着《つ》いた雰囲気《ふんいき》。中庭《なかにわ》は日本庭園《にほんていえん》になっていて、ライトアップされ幻想的《げんそうてき》だ。

「ええと、キミと、キミは１０２号室《ごうしつ》ですね」

マジメスギが、部屋割《へやわ》りを決《き》めたハマセンを差《さ》し置《お》いて、生徒《せいと》たちに次々《つぎつぎ》と指示《しじ》していく。


健太《けんた》と真実《しんじつ》は、８人部屋《にんべや》の１０３号室《ごうしつ》だった。

「きれいな和室《わしつ》だね。窓《まど》から竹林《ちくりん》が見《み》える。なかなか風情《ふぜい》があるね」

そう言《い》って、真実《しんじつ》は満足《まんぞく》そうに外《そと》の景色《けしき》をながめた。

そのとき、美希《みき》が部屋《へや》にズカズカと入《はい》り込《こ》んできた。

「わぁ、いいながめね、ここの部屋《へや》！」

美希《みき》は、取材《しゅざい》と称《しょう》してほかの部屋《へや》をチェックして回《まわ》っているようだ。

そして部屋《へや》を見回《みまわ》して、ポツリと言《い》った。

「ん、この部屋《へや》、どよーんとした感《かん》じがしない？」

「え、どういうこと？」

美希《みき》の言葉《ことば》に健太《けんた》は不安《ふあん》になる。

美希《みき》は壁《かべ》にかけられた額縁《がくぶち》に目《め》を留《と》めた。祇園祭《ぎおんまつり》のようすが描《えが》かれた油《あぶら》絵《え》だ。

美希《みき》は、おもむろに絵《え》に近《ちか》づいてじっと見《み》た。

「なに、美希《みき》ちゃん、この絵《え》がどうかしたの？」

「ねえ健太《けんた》くん、知《し》ってる？　ホテルや旅館《りょかん》の部屋《へや》で、事故《じこ》や自殺《じさつ》で死人《しにん》が出《で》た場合《ばあい》、どうするのか……」

「そんなの、知《し》るわけないよ！」

「ホテルや旅館《りょかん》の部屋《へや》は死人《しにん》が出《で》ても、そのあと使《つか》わないわけにはいかな

祇園祭《ぎおんまつり》
京都《きょうと》で7月《がつ》に行《おこな》われるお祭《まつ》り。大阪《おおさか》の天神《てんじん》祭《まつり》、東京《とうきょう》の神田祭《かんだまつり》とともに、日本三大祭《にほんさんだいまつ》りのひとつとされている。

いでしょ。だから、神主《かんぬし》さんにおはらいしてもらってから、また利用《りよう》するの。で、そういういわくつきの部屋《へや》にはね……」

美希《みき》は額縁《がくぶち》を裏返《うらがえ》しながら言《い》う。

「こういうところに、お札《ふだ》が隠《かく》されているもんなのよ」

なんとそこには、魔除《まよ》けのお札《ふだ》が本当《ほんとう》に貼《は》られていた。

「え〜〜!!!」

健太《けんた》は、今《いま》にも気絶《きぜつ》しそうなほど驚《おどろ》いた。

「すごい!!　やばい部屋《へや》だわ、やっぱりここ！」

と、うれしそうな美希《みき》。

真実《しんじつ》は、そんなふたりを気《き》にせずに、窓《まど》ぎわの

椅子《いす》に座《すわ》ってゆったりと窓《まど》の外《そと》をながめていた。

健太《けんた》はいてもたってもいられず、さっそくハマセンのところに行《い》き、部屋《へや》割《わ》りを変《か》えてほしいと頼《たの》んだ。

「自由行動《じゆうこうどう》では集合時間《しゅうごうじかん》に遅《おく》れて、今度《こんど》は部屋《へや》を変《か》えてほしいだと？　まったく、わがままが過《す》ぎるぞ」

「そんなこと言《い》わないでください。ねえ先生《せんせい》、お願《ねが》い！」

涙目《なみだめ》でうったえる健太《けんた》。

しかし、ハマセンは「笑止千万《しょうしせんばん》！」と言《い》って、ふすまの戸《と》をピシャリと閉《し》めてしまった。

（あーあ。あの部屋《へや》に帰《かえ》りたくないな）

健太《けんた》が、重《おも》い気持《きも》ちをひきずりながらロビーを歩《ある》いていると、

「特《とく》ダネを手《て》に入《い》れたわよ！」

と、また美希《みき》につかまってしまった。

「旅館《りょかん》の人《ひと》たちにさっそく聞《き》き込《こ》みしたんだけどね。ここに泊《と》まった修学旅行《しゅうがくりょこう》の男子生徒《だんしせいと》が、『逆《さか》さ少女《しょうじょ》』を見《み》たんだって！」

「逆《さか》さ少女《しょうじょ》？」

「逆《さか》さまになって浮《う》かぶ、着物《きもの》を着《き》た女《おんな》の子《こ》の幽霊《ゆうれい》よ。この旅館《りょかん》は、部屋《へや》にトイレがついてないでしょ？　その生徒《せいと》は、夜中《よなか》にトイレに行《い》こうとして、その逆《さか》さ少女《しょうじょ》を目撃《もくげき》したの。そして次《つぎ》の日《ひ》に、事故《じこ》で亡《な》くなったんだって」

「ええ、そんな〜〜」

絶句《ぜっく》する健太《けんた》。

「昔《むかし》、ここの旅館《りょかん》に一人娘《ひとりむすめ》がいたんだけど、生《う》まれながらに日光《にっこう》に当《あ》たったら死《し》んでしまう病気《びょうき》だったらしいの。部屋《へや》の外《そと》に出《で》られなかったから、ずっと友達《ともだち》と遊《あそ》びたかったんでしょうね。逆《さか》さ少女《しょうじょ》は、その女《おんな》の子《こ》が亡《な》くなってからというもの、現《あらわ》れるようになったんだって。夜《よる》にその部屋《へや》の前《まえ》を子《こ》どもが通《とお》りかかると、『遊《あそ》ぼうよ〜』って声《こえ》をかけてくるそうよ」

「そ、それってホントなの……？」

おびえる健太《けんた》に、美希《みき》はたたみかける。

「その女《おんな》の子《こ》の部屋《へや》っていうのが、お風呂場《ふろば》の近《ちか》くの、今《いま》は物置《ものおき》になっている部屋《へや》なんだって」

健太《けんた》は、背筋《せすじ》が凍《こお》った。

「健太《けんた》くんの部屋《へや》から男子《だんし》トイレに行《い》くには、どうしても、その部屋《へや》の前《まえ》を通《とお》らないといけないわね」

「もう怖《こわ》くて、ぜったい夜《よる》、トイレに行《い》けないよ」

美希《みき》は、ニヤリと笑《え》みを浮《う》かべ、健太《けんた》の肩《かた》をポンとたたいてこう言《い》った。

「京都《きょうと》の幽霊《ゆうれい》を見《み》られるチャンスじゃないの、ワクワクするわね！」

恐怖《きょうふ》のどん底《ぞこ》に突《つ》き落《お》とされた健太《けんた》は、今《いま》にも倒《たお》れそうだった。

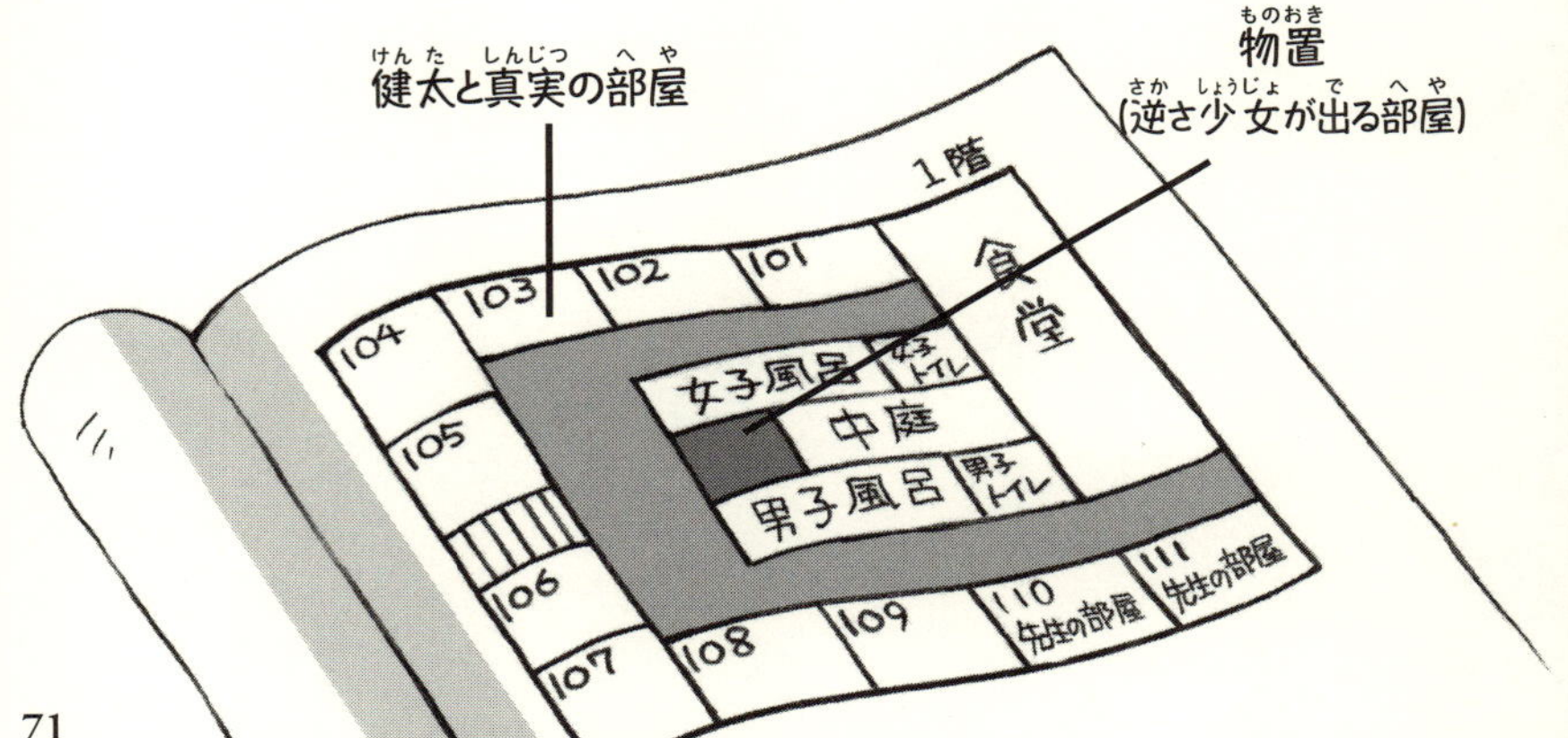
健太《けんた》と真実《しんじつ》の部屋《へや》
物置《ものおき》
(逆《さか》さ少女《しょうじょ》が出《で》る部屋《へや》)
1階
食堂
101
102
103
104
105
106
107
108
109
110 先生の部屋
111 先生の部屋
女子風呂
女子トイレ
中庭
男子風呂
男子トイレ

夕食《ゆうしょく》の時間《じかん》。

食堂《しょくどう》で料理《りょうり》を待《ま》つ生徒《せいと》たちの前《まえ》に、湯豆腐《ゆどうふ》や、京野菜《きょうやさい》の煮物《にもの》、漬物《つけもの》などが次々《つぎつぎ》と並《なら》べられていく。

厨房《ちゅうぼう》では料理人《りょうりにん》が、巨大《きょだい》な銀色《ぎんいろ》のボウルでポテトサラダを混《ま》ぜている。それが、ハンバーグと一緒《いっしょ》の皿《さら》にのせられて、運《はこ》ばれてくる。

「おいしそう〜」と夕食《ゆうしょく》にはしゃぐ生徒《せいと》たちの中《なか》で、健太《けんた》だけは、今晩《こんばん》どうやって寝《ね》るか、悩《なや》んでいた。

(あんな話《はなし》、聞《き》くんじゃなかった)

健太《けんた》がガックリとうつむくと、テーブルに置《お》かれたスプーンに、逆《さか》さまの健太《けんた》の顔《かお》が映《うつ》っていた。

「あれ?」

とスプーンを手《て》に取《と》り、方向《ほうこう》を変《か》えてみる健太《けんた》。

やはり、逆《さか》さまに映《うつ》る。

「どうやっても逆《さか》さまだ。まさか、逆《さか》さ少女《しょうじょ》の呪《のろ》い!?」

思《おも》わず大声《おおごえ》で叫《さけ》ぶ健太《けんた》だったが、端《はし》の席《せき》に座《すわ》っている真実《しんじつ》が、すずしげに告《つ》げた。

「スプーンは、へこんでいるから、上下《じょうげ》左右《さゆう》が逆《ぎゃく》に映《うつ》るだけだよ」

「なぁんだ、そうなのか。……あははは」

ホッとして、健太《けんた》は照《て》れ笑《わら》いをした。


ハマセンの長《なが》い話《はなし》が終《お》わって、ようやく食事《しょくじ》が始《はじ》まると、「おいしい!」と各《かく》テーブルから感嘆《かんたん》の声《こえ》があがる。

健太《けんた》も気《き》をとりなおして、みそ汁《しる》に手《て》をのばした——そのときだった。

みそ汁《しる》の入《はい》ったお椀《わん》が勝手《かって》に動《うご》きだし、ススーッとテーブルの上《うえ》を滑《すべ》ったのだ。

「え、えーっ!?」

健太《けんた》は、はじかれたように立《た》ち上《あ》がった。

ほかの生徒《せいと》たちが何事《なにごと》かと食事《しょくじ》の手《て》を止《と》めて、健太《けんた》のほうを見《み》る。

「お椀《わん》が勝手《かって》に動《うご》いた！　誰《だれ》も触《さわ》ってないのに！」

大騒《おおさわ》ぎする健太《けんた》の声《こえ》を聞《き》きつけ、離《はな》れた席《せき》に座《すわ》っていた美希《みき》がやってくる。

「きっと逆《さか》さ少女《しょうじょ》のイタズラね」

ポツリと美希《みき》はつぶやいた。

「逆《さか》さ少女《しょうじょ》に、健太《けんた》くんは目《め》をつけられちゃったのよ。今晩《こんばん》、『遊《あそ》ぼうよ〜』って来《く》るかもね」

「ぼ、ぼくは、女《おんな》の子《こ》とお人形《にんぎょう》ごっこもできないよ。ぼくなんかと遊《あそ》んだっておもしろくないし……イヤだ、そんなのイヤだよ」

健太《けんた》は、あわてて好《す》きなハンバーグをお供《そな》えのように小皿《こざら》にとりわけ、泣《な》き出《だ》しそうな顔《かお》で手《て》を合《あ》わせる。

「これをあげるから、もう出《で》てこないでください！」

「……騒《さわ》がしいね、食事《しょくじ》に集中《しゅうちゅう》できないじゃないか」

テーブルの端《はし》の席《せき》で、静《しず》かに食事《しょくじ》をしていた真実《しんじつ》は、健太《けんた》にそう言《い》うと、持《も》っていた箸《はし》を箸置《はしお》きに丁寧《ていねい》に置《お》いた。

「だって、誰《だれ》も触《さわ》ってないのに、みそ汁《しる》のお椀《わん》が動《うご》いたんだよ！」

しかたなく健太《けんた》のそばにやってきた真実《しんじつ》は、健太《けんた》のお椀《わん》や、テーブルをじっと見《み》る。

テーブルは水《みず》で濡《ぬ》れていた。

「なるほどね。今《いま》から再現《さいげん》してあげるよ」

真実《しんじつ》は、旅館《りょかん》の人《ひと》にお願《ねが》いして、熱々《あつあつ》のみそ汁《しる》のおかわりをもらい、お椀《わん》をテーブルの濡《ぬ》れた部分《ぶぶん》に置《お》いた。

すると、お椀《わん》は、スーッと、滑《すべ》るように移動《いどう》したのだ。

「お椀《わん》が動《うご》いた！　やっぱり、逆《さか》さ少女《しょうじょ》のしわざだよ！」

「キミは本当《ほんとう》に非科学的《ひかがくてき》だね」

真実《しんじつ》は、みそ汁《しる》のお椀《わん》を手《て》にする。

「このお椀《わん》の底《そこ》は台《だい》のようになっているだろう？　この縁《ふち》が水《みず》で濡《ぬ》れていて、テーブルとピタッと接《せっ》した状態《じょうたい》であることがポイントさ。お椀《わん》とテーブルの間《あいだ》にできた空洞《くうどう》の空気《くうき》が、熱《あつ》いみそ汁《しる》で温《あたた》められて膨張《ぼうちょう》する《図《ず》①》。すると、お椀《わん》が少《すこ》し浮《う》いた状《じょう》態《たい》になり、ちょっとしたことで動《うご》きやすくなるのさ《図《ず》②》」

そう言《い》うと、真実《しんじつ》は席《せき》に戻《もど》って食事《しょくじ》を再開《さいかい》した。

「な～んだ、せっかく健太《けんた》くんに何《なに》か起《お》こるのかと思《おも》ったのになぁ」

美希《みき》はガッカリして自分《じぶん》の席《せき》に戻《もど》った。

「真実《しんじつ》くん、ありがとう」

健太《けんた》は、自分《じぶん》の不安《ふあん》な気持《きも》ちを取《と》り払《はら》ってくれた真実《しんじつ》に、心《こころ》から感謝《かんしゃ》した。

（真実《しんじつ》くんって、なんだか大《おお》きな木《き》みたいだな）

安心《あんしん》した健太《けんた》はごはんを食《た》べながら、頭《あたま》の中《なか》で、丘《おか》の上《うえ》に堂々《どうどう》と1本《ぽん》だけ生《は》えている太《ふと》くて大《おお》きな木《き》を

《図《ず》①》

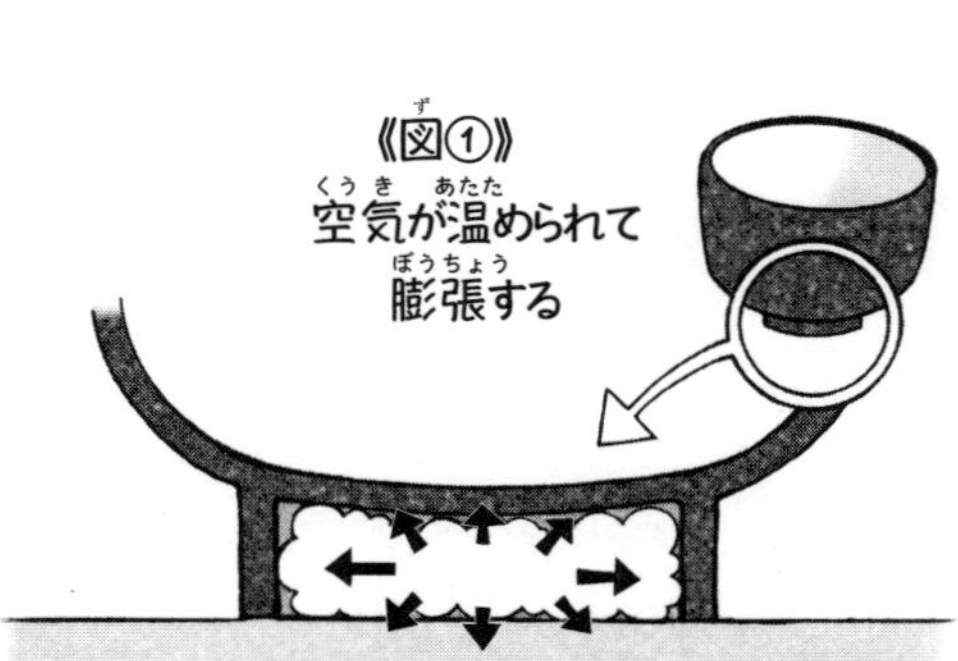

思《おも》い浮《う》かべた。その木《き》にしがみついていれば、どんな強風《きょうふう》が吹《ふ》いても、しのげるのだ。

夕食後《ゆうしょくご》の入浴《にゅうよく》の時間《じかん》。

浴場《よくじょう》には、にぎやかな生徒《せいと》たちの声《こえ》が響《ひび》いていた。

湯気《ゆげ》が立《た》ち込《こ》めるなか、恥《は》ずかしそうに、健太《けんた》が浴場《よくじょう》に入《はい》ってきた。

湯船《ゆぶね》では、ワーワーと男子《だんし》たちがお湯《ゆ》をかけあって騒《さわ》いでいる。

「こら！　風呂場《ふろば》で遊《あそ》んだらいかん！」

見回《みまわ》りのハマセンが怒鳴《どな》った。

体《からだ》を洗《あら》い終《お》えて湯船《ゆぶね》につかるころ、健太《けんた》はあることに気《き》づいた。

「あれっ？　真実《しんじつ》くんがいない」

そのとき、湯気《ゆげ》の向《む》こうから、真実《しんじつ》がやってきた。真実《しんじつ》はラッシュガードとスポーツスパッツを身《み》につけていた。

《図《ず》②》
お椀《わん》が持《も》ち上《あ》がって
動《うご》きやすくなる

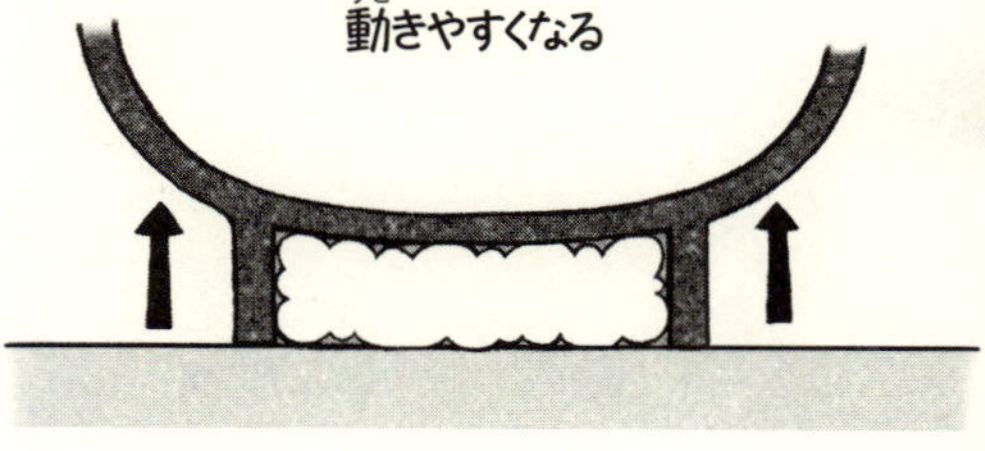

あぜんとして、見《み》つめる健太《けんた》たち。

ハマセンが驚《おどろ》いて叫《さけ》ぶ。

「謎野《なぞの》、な、なんだその格好《かっこう》は!?」

「海外《かいがい》の温泉《おんせん》では、いつもこうです。みんなと裸《はだか》のつきあいをしたい気持《きも》ちはあるのですが、公共《こうきょう》の場《ば》で裸《はだか》になることが、どうも、ぼくのポリシーと合《あ》わないので」

「……そうなのか?」

ハマセンはあっけにとられる。

「浜田先生《はまだせんせい》は、まだ入《はい》られないんですか?」

と、真実《しんじつ》が聞《き》くと、

「あ、あぁ、先生《せんせい》たちは、みんなが寝《ね》

たあとに、ようやく入《はい》れる決《き》まりなんだ」

と、ハマセンが答《こた》えた。

「だから、おまえたち、就寝時間《しゅうしんじかん》になったら、さっさと寝《ね》るんだぞ！」

夜《よる》の9時半《じはん》。就寝時間《しゅうしんじかん》がやってきた。

ハマセンやほかの先生《せんせい》たちは、生徒《せいと》たちがちゃんと寝《ね》ているか各部屋《かくへや》を見回《みまわ》っていく。

そのころ、健太《けんた》たちの部屋《へや》の中《なか》では、枕《まくら》がビュンビュン飛《と》び交《か》っていた。

枕投《まくらな》げが始《はじ》まったのだ。

真実《しんじつ》だけは、ホコリをさけてマスクをし、窓《まど》ぎわの椅子《いす》で読書《どくしょ》していた。

「えいや！」

健太《けんた》は、もう逆《さか》さ少女《しょうじょ》のことはすっかり忘《わす》れて、夢中《むちゅう》で枕《まくら》を投《な》げていた。

海外《かいがい》の温泉《おんせん》
外国《がいこく》にも温泉《おんせん》はある。しかし日本以外《にほんいがい》では、ほとんどの国《くに》で水着《みずぎ》を着用《ちゃくよう》する。これは、海外《かいがい》の温泉《おんせん》が一般《いっぱん》に男女混浴《だんじょこんよく》であることも関係《かんけい》している。

バフッと、飛《と》んできた枕《まくら》が健太《けんた》の顔面《がんめん》に直撃《ちょくげき》した。

負《ま》けじと反撃《はんげき》する健太《けんた》。しかし、健太《けんた》の投《な》げた枕《まくら》は、手元《てもと》がくるって真実《しんじつ》のほうへ飛《と》んでいく。

「**危《あぶ》ない！　真実《しんじつ》くん！**」

その瞬間《しゅんかん》、真実《しんじつ》が、本《ほん》を読《よ》んだままの姿勢《しせい》でフワリと身《み》をひねって枕《まくら》をよけた。

「え!?」

と、驚《おどろ》く健太《けんた》。

それを見《み》たほかのみんなも、いっせいに真実《しんじつ》をねらいはじめる！

「謎野《なぞの》くんに集中攻撃《しゅうちゅうこうげき》だ！」

しかし、真実《しんじつ》は本《ほん》に目《め》を落《お》としたまま、まるでボクサーのように上半身《じょうはんしん》を動《うご》かして、飛《と》んでくる枕《まくら》すべてを次々《つぎつぎ》によけてしまうのだった。

そのとき、バッとふすまが開《あ》いた。

「こら〜〜、おまえたち何《なに》やってんだ〜！　早《はや》く寝《ね》ろ〜〜!!」

ハマセンの怒鳴《どな》り声《ごえ》に、生徒《せいと》たちは、あわてて布団《ふとん》にもぐりこんだ。

夜《よ》がふけて――。

静《しず》かな室内《しつない》に、窓《まど》から月明《つきあ》かりが幻想的《げんそうてき》に差《さ》し込《こ》んでいる。

カチッカチッと時計《とけい》の音《おと》が、やたらと大《おお》きく聞《き》こえる。

(みんな寝《ね》ちゃった……もう12時《じ》になっちゃう)

みんなが寝息《ねいき》を立《た》てるなか、布団《ふとん》の中《なか》の健太《けんた》だけが目《め》がさえたまま、時計《とけい》の音《おと》を聞《き》いていた。

(全然《ぜんぜん》眠《ねむ》れない……このまま朝《あさ》になったらどうしよう)

健太《けんた》は、あわてて布団《ふとん》を頭《あたま》までかぶる。

(オシッコしたくなってきちゃった……。でもトイレに行《い》くには、逆《さか》さ少女《しょうじょ》が出《で》る部屋《へや》の前《まえ》を通《とお》らなきゃいけないんだ)

健太《けんた》は、一緒《いっしょ》に行《い》ってもらおうと、となりの布団《ふとん》で眠《ねむ》る真実《しんじつ》を見《み》る。

しかし真実《しんじつ》は、アイマスク、耳栓《みみせん》、ナイトキャップという安眠《あんみん》グッズフ

ナイトキャップ
寝《ね》るときにかぶる帽子《ぼうし》。髪《かみ》に寝《ね》ぐせがつかないようにするためのもの。

ていて、ちょっとやそっとでは
い。
はガマンできずに、ひとりで廊《ろう》
男子《だんし》トイレに向《む》かった。
ンとした廊下《ろうか》。ひんやりとした
気《き》が立《た》ち込《こ》める。
美希《みき》ちゃんが言《い》ってた、逆《さか》さ少《しょう》
う物置部屋《ものおきべや》だ）
ら、部屋《へや》にできるだけ近寄《ちかよ》らな
の端《はし》を歩《ある》く健太《けんた》。
ぶ。あんなの美希《みき》ちゃんのつく
る歩《ある》いていた健太《けんた》は、ビクリと

立《た》ち止《ど》まる。

物置部屋《ものおきべや》のふすまが半分開《はんぶんあ》いていたのだ。

健太《けんた》は、歩《ある》きながらチラッと部屋《へや》の中《なか》に目《め》を向《む》ける。

部屋《へや》は、うっすらと明《あ》かりがついていて、掃除機《そうじき》や、段《だん》ボール箱《ばこ》の山《やま》などが見《み》えた。

（なんだ、ただの物置《ものおき》じゃないか。さっきのみそ汁《しる》だって幽霊《ゆうれい》のしわざじゃなかった。すべてのナゾは科学《かがく》で解明《かいめい》できるんだ！）

と心《こころ》の中《なか》で真実《しんじつ》の口調《くちょう》を真似《まね》てみた健太《けんた》は、珍《めずら》しく勇気《ゆうき》が湧《わ》いてきて、中《なか》をのぞいた。

（ちゃんと見《み》ないで、怖《こわ》がっているからダメなんだ）

部屋《へや》の中《なか》には、使《つか》われていない机《つくえ》や、厨房《ちゅうぼう》のキッチン用品《ようひん》などが雑然《ざつぜん》と詰《つ》め込《こ》まれていた。

１歩足《ぽあし》を踏《ふ》み入《い》れて、部屋《へや》の中《なか》を見回《みまわ》す健太《けんた》。

「ほうら、何《なに》もないじゃないか」

その瞬間《しゅんかん》、健太《けんた》はギクリと凍《こお》りつく。

部屋《へや》の奥《おく》からギロリと何《なに》かに見《み》られているように感《かん》じたのだ。

「……」

健太《けんた》は、雑然《ざつぜん》と積《つ》まれた段《だん》ボール箱《ばこ》の山《やま》の向《む》こうに、ゆっくりと目《め》を向《む》ける。

そこには、天井《てんじょう》から逆《さか》さまにぶら下《さ》がる着物姿《きものすがた》の女《おんな》がいた。

女《おんな》は、長《なが》い黒髪《くろかみ》のあいだから恐《おそ》ろしい形相《ぎょうそう》でこちらをにらんでいる。

「アァ！　ハァフン」

驚《おどろ》きすぎて声《こえ》にならぬ声《こえ》しか出《だ》せず、健太《けんた》はその場《ば》で腰《こし》を抜《ぬ》かした。

逆《さか》さまの女《おんな》は、黒《くろ》い髪《かみ》のあいだから、ギロリと目《め》をのぞかせて、なおもこちらをにらむ。

（ごめんなさい！　ごめんなさい！）

健太《けんた》は、目《め》をつぶったまま、なぜか何度《なんど》も謝《あやま》りながら、はいつくばるように、その部屋《へや》を出《で》た。

健太《けんた》は、自分《じぶん》の部屋《へや》へところがるように戻《もど》り、寝《ね》ている真実《しんじつ》の布団《ふとん》を必死《ひっし》でゆすった。

「起《お》きてよ、ねぇ真実《しんじつ》くんっ」

穏《おだ》やかな寝息《ねいき》をたてて眠《ねむ》っていた真実《しんじつ》だが、「んん?」とアイマスクを外《はず》して、チラリと時計《とけい》を見《み》た。

「……まだ朝《あさ》ではないね」

「助《たす》けて!　逆《さか》さ少女《しょうじょ》にぼく、呪《のろ》い殺《ころ》されちゃう!　逆《さか》さになって宙《ちゅう》に浮《う》かんでたんだよ!」

「本当《ほんとう》にキミは、一日中騒《いちにちじゅうさわ》がしい人《ひと》だなあ」


シーンとして、誰《だれ》も歩《ある》いていない廊下《ろうか》。

うるさい健太《けんた》に根負《こんま》けした真実《しんじつ》が、一緒《いっしょ》に物置部屋《ものおきべや》に向《む》かっている。

「あ、あの部屋《へや》だよ!」

物置部屋《ものおきべや》は、健太《けんた》があわてて出《で》ていったときのまま、ふすまが少《すこ》し開《あ》いていた。

真実《しんじつ》は、怖《こわ》がるようすもなく、薄暗《うすぐら》い部屋《へや》の中《なか》へと入《はい》っていく。

「ちょっと、真実《しんじつ》くん、待《ま》って」

健太《けんた》は、こわごわと、あとに続《つづ》く。

「キミが逆《さか》さまの女性《じょせい》を見《み》たのは、どのあたりなんだい？」

真実《しんじつ》に問《と》われた健太《けんた》は、震《ふる》える手《て》で部屋《へや》の奥《おく》を指《ゆび》さした。

「あそこに、逆《さか》さ少女《しょうじょ》がぶらさがっていたんだ」

そこには、調理用《ちょうりよう》の銀色《ぎんいろ》の大《おお》きなボウルが立《た》てかけてあるだけだ。

真実《しんじつ》は、近《ちか》づいて、そのボウルにじっと見《み》入《い》った。

物置部屋《ものおきべや》を出《で》て真実《しんじつ》が向《む》かった先《さき》は、先生《せんせい》たちの部屋《へや》だった。

「どうした謎野《なぞの》と宮下《みやした》、まだ寝《ね》てなかったのか？」

部屋《へや》にはハマセンや河合先生《かわいせんせい》など、数人《すうにん》の先生《せんせい》たちが打《う》ち合《あ》わせをしていた。

「夜分遅《やぶんおそ》くに失礼《しつれい》いたします」

真実《しんじつ》はあいさつして、部屋《へや》の中《なか》をザッと見回《みまわ》した。

目《め》に留《と》まったのは、ゆかた姿《すがた》で濡《ぬ》れ髪《がみ》の河合先生《かわいせんせい》だった。

「河合先生《かわいせんせい》、さっきお風呂《ふろ》に入《はい》られませんでしたか？」

「ええ。今《いま》あがってきたところですのよ」

真実《しんじつ》は人差《ひとさ》し指《ゆび》で眼鏡《めがね》をクイッとあげ、健太《けんた》のほうを見《み》た。

「ナゾは解《と》けた。わかったよ、キミが見《み》たという逆《さか》さ少女《しょうじょ》の正体《しょうたい》がね」

解《かい》決《けつ》編《へん》

真実《しんじつ》は、河合先生《かわいせんせい》にお願《ねが》いして、一緒《いっしょ》に物置部屋《ものおきべや》まで来《き》てもらった。

健太《けんた》が見《み》たという逆《さか》さ少女《しょうじょ》を再現《さいげん》してみせるというのだ。

部屋《へや》の奥《おく》にあった調理用《ちょうりよう》の銀色《ぎんいろ》の大《おお》きなボウルの前《まえ》に立《た》つ真実《しんじつ》。

「健太《けんた》くん、夕食《ゆうしょく》のときのスプーンの話《はなし》を覚《おぼ》えているかい？」

「うん、ぼくの顔《かお》が逆《さか》さまに映《うつ》って……」

「そう。このボウルが、スプーンと同《おな》じ役目《やくめ》をしたんだよ」

健太《けんた》がボウルをのぞきこむと、ふつうに自分《じぶん》の顔《かお》が映《うつ》った。

「このボウルは真《ま》ん中《なか》がへこんでいて、凹面鏡《おうめんきょう》と同《おな》じ役目《やくめ》を果《は》たす」

「凹面鏡《おうめんきょう》？」

「日《ひ》ごろ、ぼくたちがよく使《つか》っているふつうの鏡《かがみ》のほかに、中心部分《ちゅうしんぶぶん》がへこんだ凹面鏡《おうめんきょう》や、それとは逆《ぎゃく》に中心部分《ちゅうしんぶぶん》が盛《も》り上《あ》がった凸面鏡《とつめんきょう》があるのさ。健太《けんた》くん、ボウルを見《み》ながら徐々《じょじょ》に入《い》り口《ぐち》のほうにあとずさりしてみて」

健太《けんた》は徐々《じょじょ》に下《さ》がった――すると、ある地点《ちてん》で健太《けんた》の姿《すがた》が逆《ぎゃく》に映《うつ》った。

「逆《さか》さまになった！」

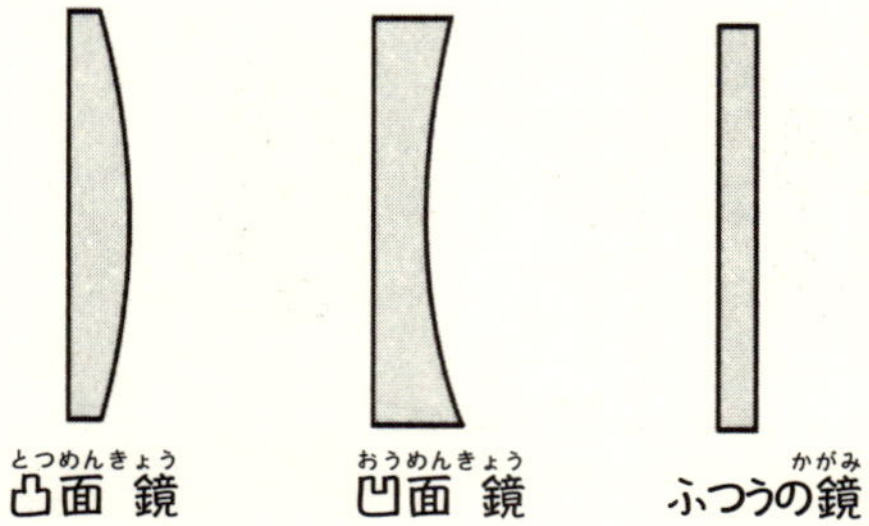

と驚《おどろ》く健太《けんた》。

「凹面鏡《おうめんきょう》に物体《ぶったい》を映《うつ》すと、近《ちか》くにあるものはふつうに見《み》えるけど、遠《とお》くに離《はな》れると逆《さか》さに映《うつ》るんだ。スプーンに映《うつ》った顔《かお》が、上下逆《じょうげさか》さまになるのと同《おな》じだよ。そして健太《けんた》くん、キミが見《み》た逆《さか》さ少女《しょうじょ》はどんな姿《すがた》だったんだい？」

「そ、それは、黒《くろ》く長《なが》い髪《かみ》で、着物姿《きものすがた》の……」

真実《しんじつ》は、河合先生《かわいせんせい》にお願《ねが》いをした。

「先生《せんせい》のきれいな黒髪《くろかみ》を前《まえ》に下《お》ろしてもらえますか？」

「ええ、いいですわよ」

河合先生《かわいせんせい》は、おじぎをして、髪《かみ》の毛《け》を前《まえ》に垂《た》らす。そのまま顔《かお》をあげると、まるで女《おんな》の幽霊《ゆうれい》のような姿《すがた》になった。

ギョッとする健太《けんた》。

河合先生《かわいせんせい》は、垂《た》れた前髪《まえがみ》のすきまから、ギロリと目《め》だけを出《だ》した。

近《ちか》くから見《み》たとき
ふつうの鏡《かがみ》と
上下左右《じょうげさゆう》は同《おな》じ

遠《とお》くから見《み》たとき
逆《さか》さまに見《み》える

「こ、これだ！」

と、健太《けんた》は驚《おどろ》いて叫《さけ》んだ。

視力《しりょく》の悪《わる》い河合先生《かわいせんせい》は、風呂《ふろ》のときはコンタクトレンズを外《はず》していて、入浴後《にゅうよくご》、濡《ぬ》れた髪《かみ》もそのままで風呂場《ふろば》を出《で》たという。

「そのとき、間違《まちが》って物置《ものおき》みたいな部屋《へや》に入《はい》ってしまいましたの」

「健太《けんた》くん、キミが見《み》た幽霊《ゆうれい》は、お風呂上《ふろあ》がりの河合先《かわいせん》生《せい》だったのさ。コンタクトを外《はず》していた先生《せんせい》は、ボヤけた視界《しかい》の中《なか》、物置部屋《ものおきべや》にうっかり入《はい》り込《こ》んでしまった。そのときキミは、入《い》り口《ぐち》のあたりからボウルを見《み》ていた。ボウルはちょうどふたりの中間地点《ちゅうかんちてん》にあって、河合先生《かわいせんせい》が逆《さか》さまに映《うつ》って見《み》えたんだよ」

「そうか……。逆《さか》さ少女《しょうじょ》じゃなかったのか……」

ホッとする健太《けんた》。

「先生《せんせい》を少女《しょうじょ》と間違《まちが》うなんて……。ここの美人《びじん》の湯《ゆ》のおかげかしら、オホホホ」

河合先生《かわいせんせい》はまんざらでもなさそうにほほえんだ。

部屋《へや》に戻《もど》ると、健太《けんた》は安心《あんしん》して大《おお》いびきをかいて眠《ねむ》りはじめた。

夢《ゆめ》の中《なか》で、健太《けんた》は強風《きょうふう》が吹《ふ》くなか、大《おお》きな１本《ぽん》の木《き》にしがみついていた。

「やっぱり真実《しんじつ》くんは、頼《たよ》りになるなぁ……」

健太《けんた》は、寝言《ねごと》を言《い》いながら布団《ふとん》を抱《だ》きしめる。

真実《しんじつ》は、耳栓《みみせん》をしても聞《き》こえてくる健太《けんた》のいびきで眠《ねむ》れずにいた。

「こんなにうるさいなら、解決《かいけつ》しなかったほうが、よかったかもしれないな……」

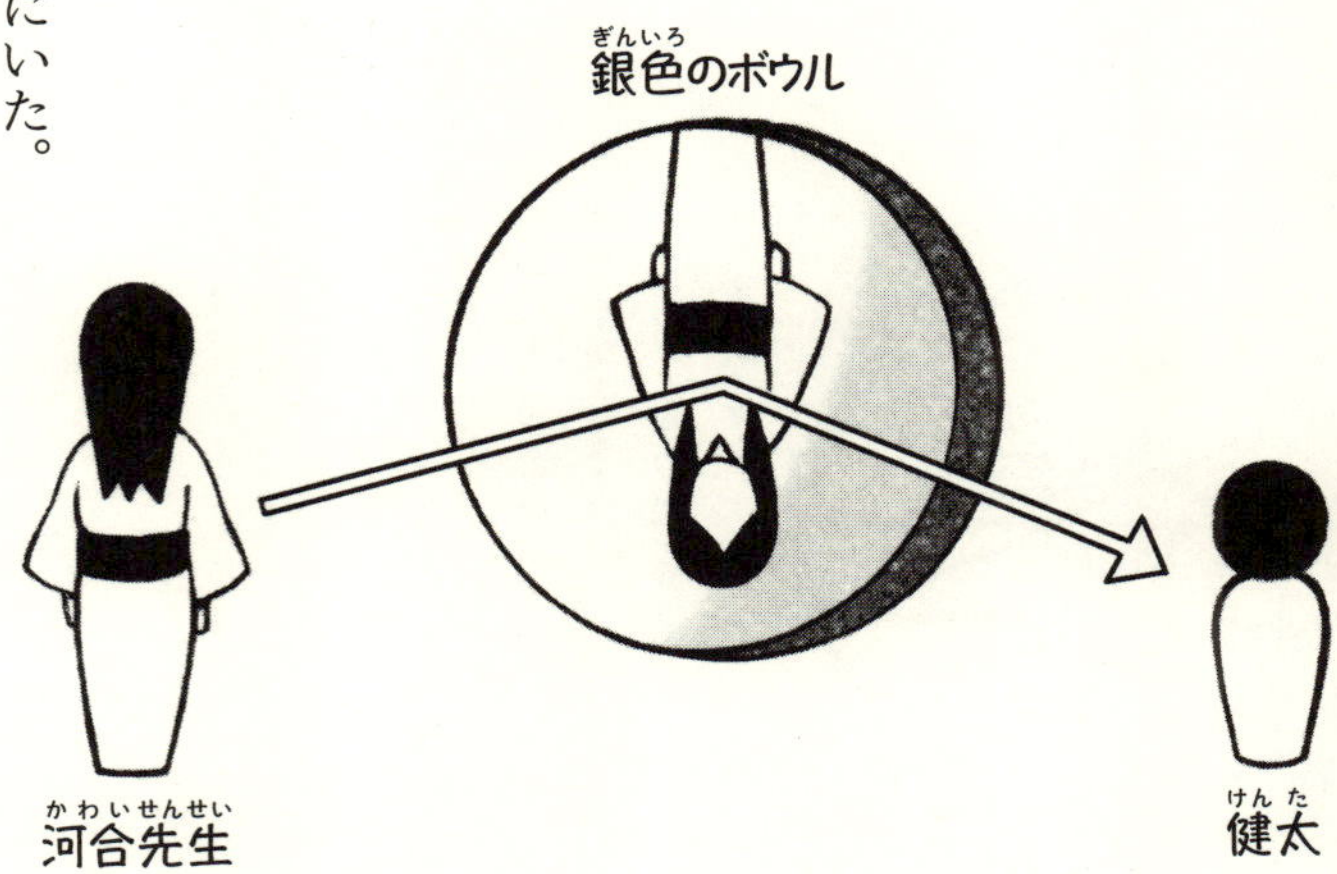

2

SCIENCE TRICK DATA FILE

科学《かがく》トリック データファイル

Q.凹面鏡《おうめんきょう》や凸面鏡《とつめんきょう》はどんなときに使《つか》うの？

鏡《かがみ》のいろいろ

わたしたちがふだん、自分《じぶん》の姿《すがた》を映《うつ》して見《み》るのは、表面《ひょうめん》が平《たい》らな平面鏡《へいめんきょう》です。

しかし、中央《ちゅうおう》がへこんでいる凹面鏡《おうめんきょう》や、中央《ちゅうおう》がふくらんでいる凸面鏡《とつめんきょう》も、意外《いがい》に身近《みぢか》で使《つか》われています。

【凹面鏡《おうめんきょう》】
凹面鏡《おうめんきょう》に入《はい》ってきた光《ひかり》は、ある点《てん》で集《あつ》まります。そのため、光《ひかり》を集《あつ》める用途《ようと》によく使《つか》われます。

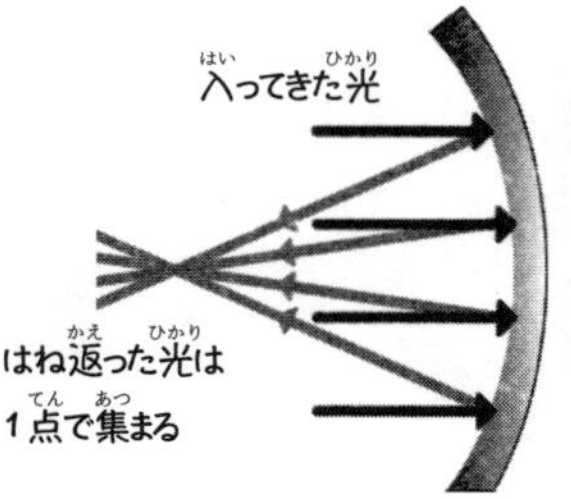

【使用例《しようれい》】

オリンピックの聖火《せいか》は、凹面鏡《おうめんきょう》で太陽《たいよう》の光《ひかり》を集《あつ》めて点火《てんか》される

道《みち》の先《さき》の見《み》えない部分《ぶぶん》を見《み》るためのカーブミラーには、凸面鏡《とつめんきょう》が使《つか》われている

【凸面鏡《とつめんきょう》】

凸面鏡《とつめんきょう》は、通常《つうじょう》の平面鏡《へいめんきょう》より広《ひろ》い範囲《はんい》から光《ひかり》が入《はい》ってきます。そのため、広《ひろ》い範囲《はんい》を見《み》る用途《ようと》によく使《つか》われます。

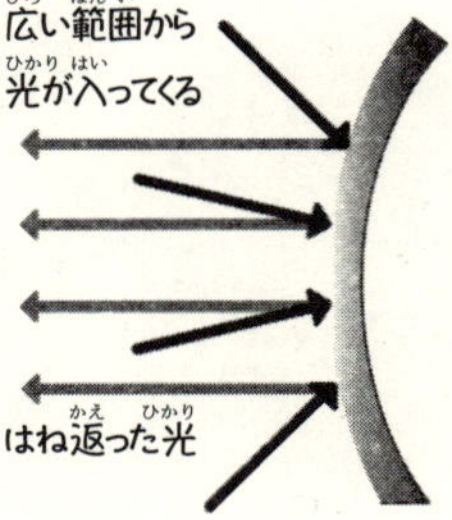
広《ひろ》い範囲《はんい》から光《ひかり》が入《はい》ってくる
はね返《かえ》った光《ひかり》

A.それぞれの特徴《とくちょう》に合《あ》わせて使《つか》われているよ。

鬼《おに》がささやく寺《てら》

呪《のろ》いの修学旅行《しゅうがくりょこう》3

事件編《じけんへん》

修学旅行《しゅうがくりょこう》2日目《ふつかめ》。

その日《ひ》の午前中《ごぜんちゅう》、花森小学校《はなもりしょうがっこう》の生《せい》徒《と》たちは、秋《あき》の特別拝観中《とくべつはいかんちゅう》の「相国《しょうこく》寺《じ》」を見学《けんがく》していた。

お堂《どう》の天井《てんじょう》いっぱいに描《えが》かれた、巨《きょ》大《だい》な龍《りゅう》の天井画《てんじょうが》で有名《ゆうめい》なお寺《てら》である。

しかもこの龍《りゅう》の絵《え》、ただの絵《え》ではない。

「それじゃあいくよ！」

そう言《い》うと、健太《けんた》は龍《りゅう》の天井画《てんじょうが》の下《した》に立《た》ち、両方《りょうほう》の手《て》のひらを

パーーン！

と、思《おも》い切《き》り打《う》ち鳴《な》らした。すると……。

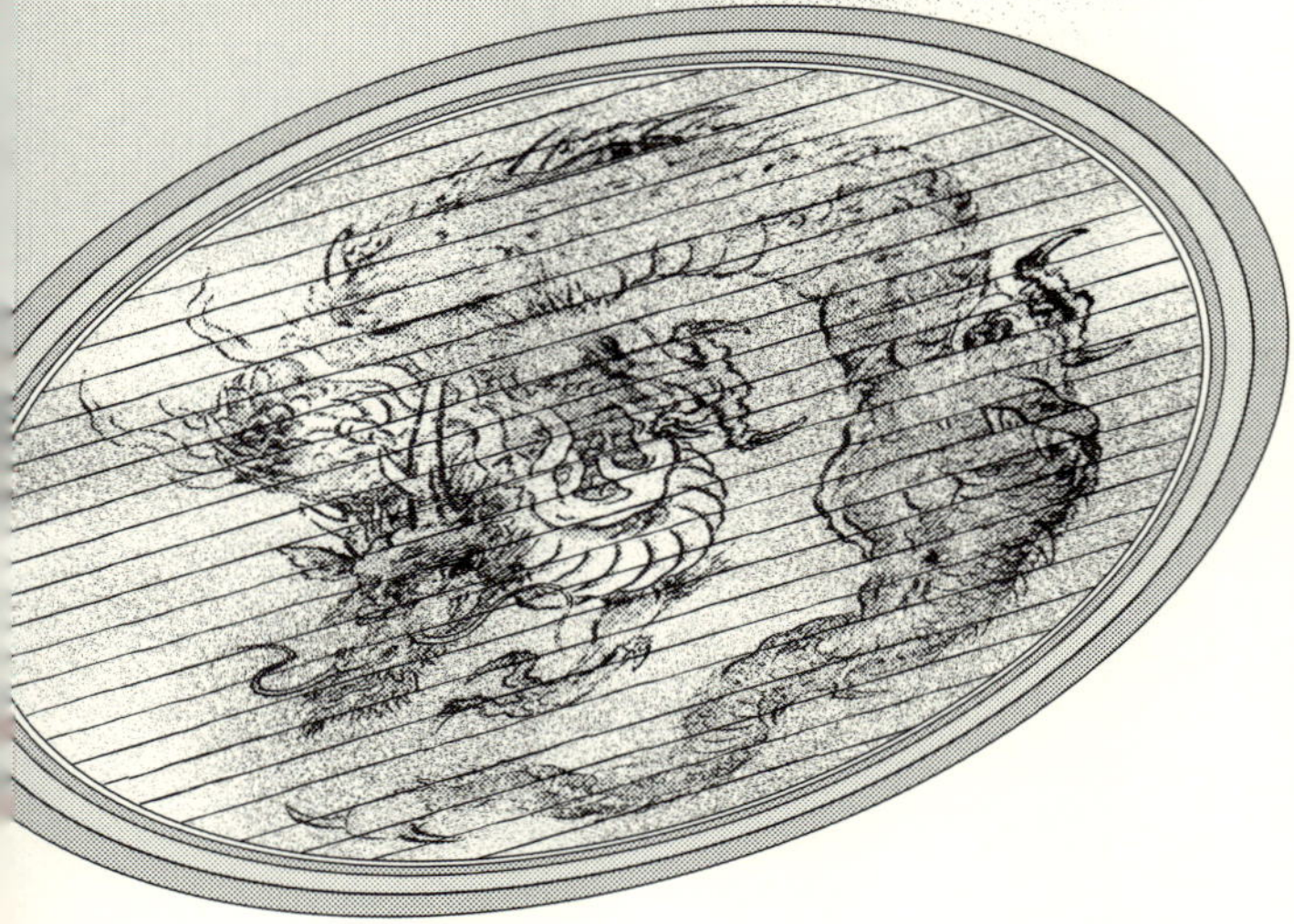

ビョビョオオオオオオオオオン！

あたりの空気《くうき》を震《ふる》わすような重低音《じゅうていおん》がお堂《どう》の中《なか》にこだました。

「うわ〜！」「きゃ〜！」と、不気味《ぶきみ》な音《おと》に度肝《どぎも》を抜《ぬ》かれる生徒《せいと》たち。

「うわ〜！　ホントに龍《りゅう》が鳴《な》いた！」

健太《けんた》は目《め》を丸《まる》くして天井《てんじょう》を見上《みあ》げた。

実《じつ》は、この龍《りゅう》は「鳴《な》き龍《りゅう》」と呼《よ》ばれ、絵《え》の下《した》で手《て》をたたくと、龍《りゅう》が鳴《な》いているかのような、迫力《はくりょく》たっぷりの音《おと》がお堂《どう》に響《ひび》きわたるのである。

「ぼくもぼくも！」「次《つぎ》は、わたし！」

パーーン！

ビヨビヨオオオオオオオオオン……


みんなが手《て》をたたくたびに、お堂《どう》いっぱいに「鳴《な》き龍《りゅう》」の音《おと》がこだました。

「不思議《ふしぎ》だな～。ねえ真実《しんじつ》くん、どうしてこんな音《おと》が聞《き》こえるの？」

健太《けんた》は、じっと天井《てんじょう》を見《み》つめている真実《しんじつ》に聞《き》いた。

「龍《りゅう》が鳴《な》く秘密《ひみつ》は『天井《てんじょう》』にあるんだ」

「天井《てんじょう》？」

「龍《りゅう》が描《えが》かれた天井《てんじょう》は、平《たい》らじゃなくて、お椀《わん》のように真《ま》ん中《なか》がへこんでいるんだよ」

《図《ず》①》

「へ～。でも、どうして天井《てんじょう》がお椀形《わんがた》だと龍《りゅう》が鳴《な》くの？」

健太《けんた》の質問《しつもん》に、真実《しんじつ》は両手《りょうて》で丸《まる》い輪《わ》をつくって見《み》せた。

「音《おと》はね、ボールのように、壁《かべ》に当《あ》たると跳《は》ね返《かえ》るんだ」

「ボールのように跳《は》ね返《かえ》る？」

「そう。たとえば天井《てんじょう》が平《たい》らだと、天井《てんじょう》に当《あ》たった音《おと》のボールは四方八方《しほうはっぽう》に散《ち》らばって跳《は》ね返《かえ》る《図《ず》①》。これがお椀形《わんがた》だと、天井《てんじょう》に当《あ》たった音《おと》のボールはもとの場所《ばしょ》に戻《もど》ってくるのさ。そして、同《おな》じコースを何度《なんど》も行《い》ったり来《き》たりするんだ《図《ず》②》」

「そうか！　音《おと》のボールが散《ち》らばらずに同《おな》じコースで跳《は》ね返《かえ》り続《つづ》ける……だから龍《りゅう》の鳴《な》き声《ごえ》みたいに、音《おと》が響《ひび》いて聞《き》こえるんだね」

「そう。音《おと》の反射《はんしゃ》が生《う》み出《だ》すマジックさ」

真実《しんじつ》の言葉《ことば》にうなずいた健太《けんた》は、ふと、お堂《どう》のすみに目《め》を向《む》けた。

見《み》ると、華《はな》やかな着物《きもの》を着《き》たふたりの舞妓《まいこ》さんが話《はな》し込《こ》んでいる。

《図《ず》②》

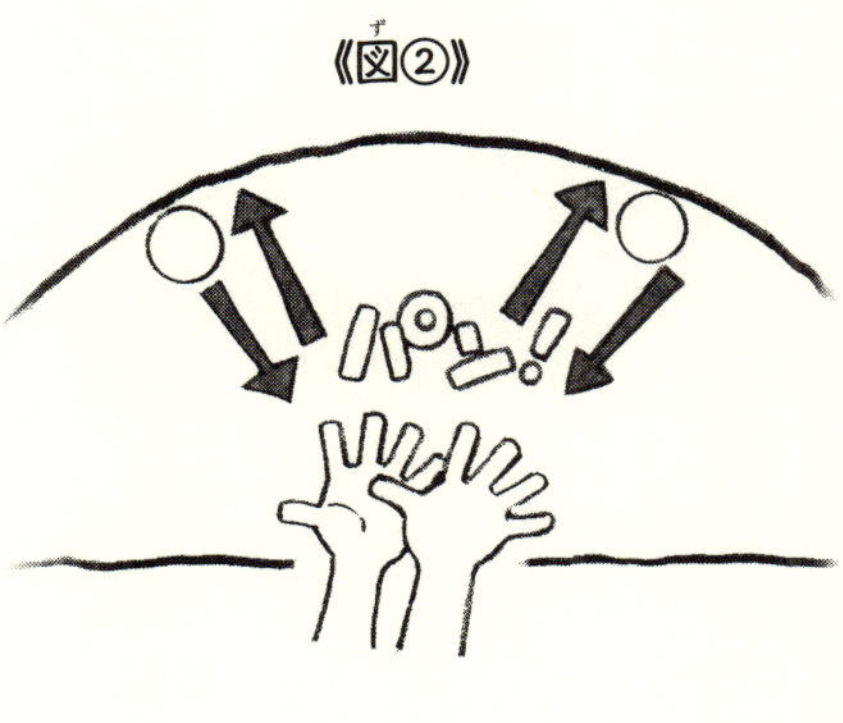

「もしかしてあれって、舞妓《まいこ》さん!?」

ふたりとも悲《かな》しげな顔《かお》で、ガックリと肩《かた》を落《お》としているようだ。

「どうしたんだろう？　行《い》ってみようよ、真実《しんじつ》くん」

真実《しんじつ》の手《て》を引《ひ》っ張《ぱ》り、舞妓《まいこ》さんたちに近《ちか》づくと、ふたりの話《はな》し声《ごえ》が聞《き》こえた。

「は〜、相談《そうだん》したいことがあったのに……八雲《やくも》さん、いてはらへんかったどすなあ」

「鬼《おに》に食《く》われた、いううわさはホンマどしたんやなあ」

（鬼《おに》!?　いったい何《なん》の話《はなし》？）

不思議《ふしぎ》な話《はなし》を耳《みみ》にして、黙《だま》っていられる健太《けんた》ではない。

「あの〜、今《いま》、鬼《おに》って言《い》いましたよね？　それって、どんな話《はなし》なんですか？」

ふたりの舞妓《まいこ》さんは驚《おどろ》いて顔《かお》を見合《みあ》わせたが、すぐに笑顔《えがお》になった。

舞妓《まいこ》
舞妓《まいこ》は、舞《まい》を舞《ま》って、宴《うたげ》を華《はな》やかにする少女《しょうじょ》のこと。通常《つうじょう》、中学《ちゅうがく》卒業後《そつぎょうご》に修業《しゅぎょう》を始《はじ》め、1年《ねん》ほどの修業《しゅぎょう》ののちデビュー。20歳《はたち》くらいになると舞妓《まいこ》を卒業《そつぎょう》するため、舞妓《まいこ》でいるのは、ほんの数年《すうねん》だ。

「最近《さいきん》、この近《ちか》くのお寺《てら》さんに鬼《おに》が出《で》るようになったんどす」

「鬼《おに》いうても、ホンマの鬼《おに》やのうて、お寺《てら》さんの壁《かべ》に、鬼《おに》そっくりの染《し》みが浮《う》き出《で》てきたんどす」

「鬼《おに》そっくりの染《し》み？」

健太《けんた》は真実《しんじつ》と顔《かお》を見合《みあ》わせた。

壁《かべ》に浮《う》き出《で》たその鬼《おに》は、人《ひと》の言葉《ことば》を話《はな》し、さまざまなお告《つ》げをするという。

「そのお告《つ》げが、よう当《あ》たるって評判《ひょうばん》どすねん」

「少《すこ》し前《まえ》まで、この相国寺《しょうこくじ》の前《まえ》に『大泉八雲《おおいずみやくも》』っていうイケメン占師《うらないし》がいてはったんやけど、鬼《おに》のお告《つ》げに人気《にんき》をとられて、店《みせ》じまいしてしもうたようなんどす」

「みな言《い》うてはります。八雲《やくも》さんは鬼《おに》の人気《にんき》に食《く》われたって」

話《はなし》を聞《き》いた健太《けんた》は、キラキラと目《め》を輝《かがや》かせて真実《しんじつ》を見《み》つめた。

「このあとは自由時間《じゆうじかん》だよね？　どうする、真実《しんじつ》くん？」

「まずは現場《げんば》を自分《じぶん》の目《め》で確《たし》かめること。それが探偵《たんてい》の基本《きほん》さ」

うっそうとした竹林《ちくりん》を抜《ぬ》けると、うわさのお寺《てら》が見《み》えてきた。

小《ちい》さな門《もん》に掲《かか》げられた板《いた》に「鬼心寺《きしんじ》」と書《か》かれている。

その門《もん》をくぐると、タマゴのようなドーム形《がた》の建物《たてもの》の上《うえ》に瓦屋根《かわらやね》をのせた、不思議《ふしぎ》な形《かたち》の本堂《ほんどう》が現《あらわ》れた。

「なんだか、珍《めずら》しい形《かたち》のお寺《てら》だね」

本堂《ほんどう》の入《い》り口《ぐち》の扉《とびら》は金属製《きんぞくせい》で、タマゴ形《がた》の建物《たてもの》にぴったりはまるように、なめらかな曲線《きょくせん》を描《えが》いていた。

扉《とびら》には、「必《かなら》ずお閉《し》めください」と貼《は》り紙《がみ》がされている。

健太《けんた》と真実《しんじつ》が本堂《ほんどう》の中《なか》に入《はい》ると、すでにたくさんの人《ひと》が並《なら》んでいた。

どうやら、みんな鬼《おに》のお告《つ》げが目当《めあ》てのようだ。

列《れつ》の先頭《せんとう》を見《み》ると、順番《じゅんばん》が来《き》た人《ひと》は壁《かべ》に向《む》かって小声《こごえ》でささやくと、今度《こんど》は壁《かべ》に耳《みみ》をかたむけ、熱心《ねっしん》に聞《き》き入《い》っている。

「へえ、ああやって壁《かべ》の鬼《おに》に相談《そうだん》して、お告《つ》げを聞《き》くんだね。……ん？」

健太《けんた》がふいに目《め》を細《ほそ》めた。

「あれって、河合先生《かわいせんせい》!?」

よく見《み》ると、列《れつ》の先頭《せんとう》で壁《かべ》に耳《みみ》をかたむけているのは河合先生《かわいせんせい》だ。

その顔《かお》は、いつになく真剣《しんけん》だった。

「いったい何《なに》を相談《そうだん》しているのかな？」

健太《けんた》がようすを見《み》ていると、河合先生《かわいせんせい》の顔《かお》が満面《まんめん》の笑《え》みに変《か》わった。

そのままスキップするように、健太《けんた》たちのいる出入《でい》り口《ぐち》へと向《む》かってくる。

「河合先生《かわいせんせい》！」

健太《けんた》が声《こえ》をかけると、河合先生《かわいせんせい》はギョッとして立《た》ち止《ど》まった。

「宮下《みやした》くんに謎野《なぞの》くん。どうしてここに!?」

「鬼《おに》のお告《つ》げを聞《き》きたくて。先生《せんせい》はお告《つ》げを聞《き》いたんですか？」

「ええ聞《き》きましたわよ。『信《しん》ずれば、想《おも》いはかなう』ですって」

「やっぱりうわさは本当《ほんとう》だったんだ！　それで、先生《せんせい》は何《なに》を相談《そうだん》したんですか？」

健太《けんた》の質問《しつもん》に、河合先生《かわいせんせい》はポッと頬《ほお》を赤《あか》くした。

「何《なに》って、ウフフ……それはもちろん、おおま……」

「おおま……？」

ハッと我《われ》に返《かえ》ると、河合先生《かわいせんせい》はブンブンと激《はげ》しく手《て》を振《ふ》った。

「い、いえ、おおま……おおまじめに相談《そうだん》したんですのよ。オホホホ」

そう言《い》うと、逃《に》げるように本堂《ほんどう》から出《で》ていってしまった。

「なんだかよくわからないけど、鬼《おに》のお告《つ》げは本当《ほんとう》に聞《き》こえるんだね！」

「どうかな。本物《ほんもの》かどうかは、聞《き》いてみるまでわからないよ」


やがて健太《けんた》と真実《しんじつ》の番《ばん》が回《まわ》ってきた。

近《ちか》くで見《み》ると、壁《かべ》に浮《う》き出《で》た「染《し》み」は、確《たし》かに巨大《きょだい》な鬼《おに》の顔《かお》のように見《み》えた。眉間《みけん》に深《ふか》いしわを寄《よ》せ、前《まえ》に立《た》つふたりをにらみつけている。

「うわ～、なんだか怖《こわ》いよ、ぼく……」

情《なさ》けない声《こえ》を出《だ》す健太《けんた》の耳元《みみもと》で真実《しんじつ》がささやいた。

「健太《けんた》くん。ぼくは何《なに》が起《お》きるか見《み》ていたい。ぼくのことは気《き》にせず、鬼《おに》に悩《なや》みを相談《そうだん》してくれないか」

「えっ!?　そ、そんな」

健太《けんた》が振《ふ》り向《む》くと、真実《しんじつ》はすでにするどい視線《しせん》を壁《かべ》の鬼《おに》に向《む》けていた。

(まったく、いつもぼくを実験台《じっけんだい》にするんだから)

のどまで出《で》かかった言葉《ことば》をこらえ、健太《けんた》はおそるおそる鬼《おに》の前《まえ》に置《お》かれたパイプ椅子《いす》に座《すわ》る。

鬼《おに》の巨大《きょだい》な瞳《ひとみ》が目《め》の前《まえ》に迫《せま》る。

健太《けんた》は、覚悟《かくご》を決《き》めてゴクリとつばをのみこんだ。

「あの、教《おし》えてください！　『おばけ』ってホントにいるんですか？　『宇宙人《うちゅうじん》』は？　『口《くち》裂《さ》け女《おんな》』は？　『ネッシー』は？　それから『ツチノコ』は？　教《おし》えてください！」

健太《けんた》は、壁《かべ》に向《む》かって深々《ふかぶか》と頭《あたま》を下《さ》げた。

その瞬間《しゅんかん》——。

「オオオオオオ……」

鬼《おに》の口《くち》から、地獄《じごく》の底《そこ》から響《ひび》くような低《ひく》いささやき声《ごえ》が聞《き》こえた。

「オオオオ……己《おのれ》を信《しん》じよ……」

「お、鬼《おに》がしゃべった!?」

健太《けんた》はさらに壁《かべ》へと耳《みみ》を近《ちか》づけた。真実《しんじつ》も壁《かべ》に近《ちか》づき耳《みみ》をすませた。

「オオオオ……目《め》に見《み》えるものだけがすべてではない……己《おのれ》を信《しん》じよ」

口裂《くちさ》け女《おんな》
都市伝説《としでんせつ》のひとつで口《くち》が耳《みみ》まで裂《さ》けた女《おんな》の妖怪《ようかい》。べっこうあめが好物《こうぶつ》でポマードが苦手《にがて》。

ネッシー
イギリスのネス湖《こ》にすむといわれる怪獣《かいじゅう》。

ツチノコ
幻《まぼろし》の生《い》き物《もの》。胴《どう》の太《ふと》い短《みじか》めのヘビのような姿《すがた》で、すごいジャンプ力《りょく》があるという。

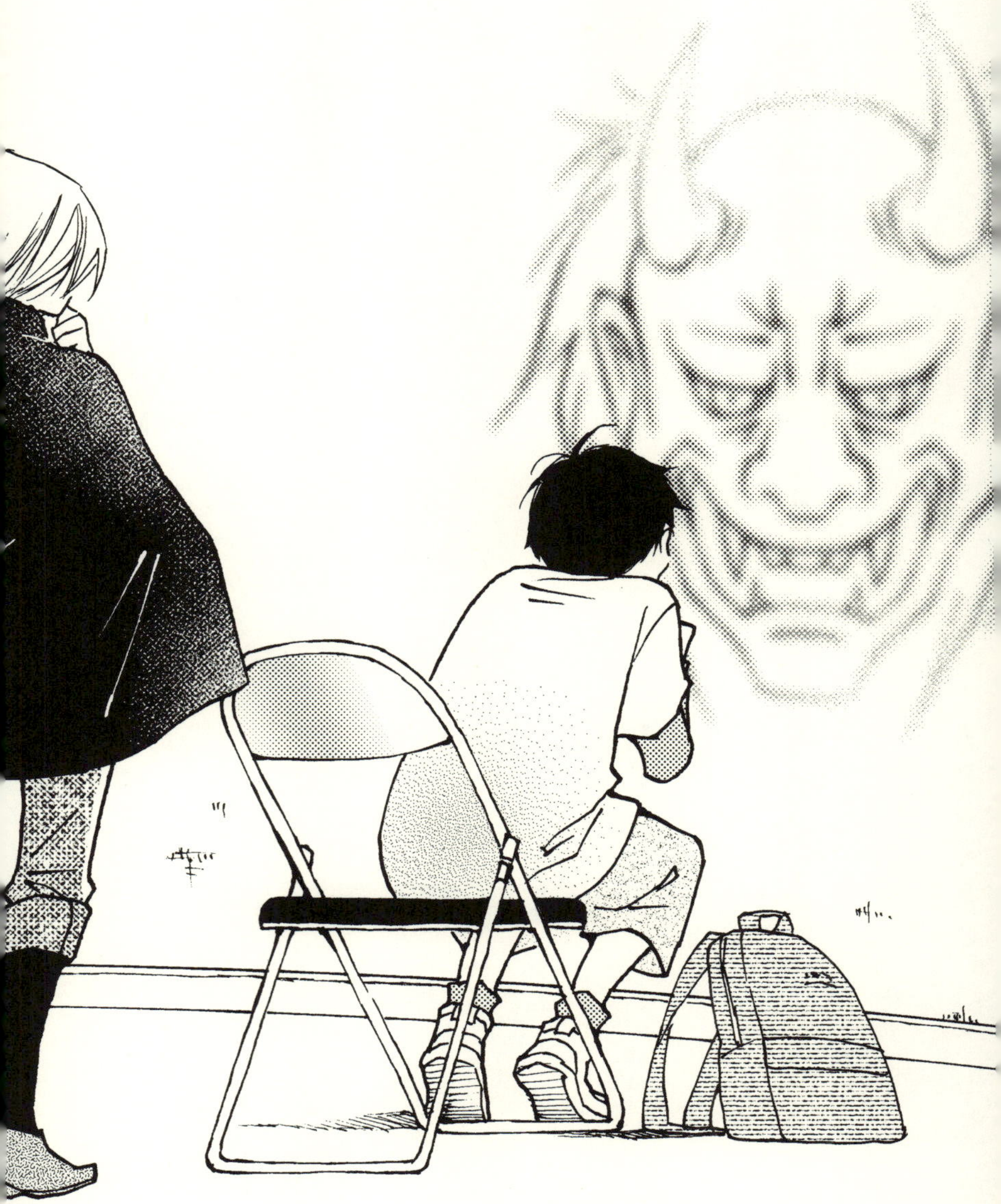

「聞《き》こえた！　本当《ほんとう》に鬼《おに》のお告《つ》げが聞《き》こえた！」

健太《けんた》が横《よこ》を見《み》ると、真実《しんじつ》は壁《かべ》の表面《ひょうめん》を手《て》のひらで触《さわ》っていた。

「何《なに》してるの？　真実《しんじつ》くん」

「壁《かべ》にスピーカーやしかけはない……だとしたら、今《いま》の声《こえ》はどこから？」

「なに言《い》ってるの。この壁《かべ》の鬼《おに》がしゃべったに決《き》まってるじゃない」

「あいにくぼくは、キミほど非科学的《ひかがくてき》じゃなくてね」

そう言《い》うと真実《しんじつ》は壁《かべ》から離《はな》れ、本堂《ほんどう》の中《なか》を注意深《ちゅういぶか》く見渡《みわた》した。

まるで大《おお》きなタマゴの中《なか》にいるように、まわりは丸《まる》く壁《かべ》に囲《かこ》まれている。

しかし、あやしい装置《そうち》やしかけは見当《みあ》たらない。

健太《けんた》が満足《まんぞく》げに壁《かべ》から離《はな》れたそのとき、本堂《ほんどう》に大《おお》きな声《こえ》が響《ひび》いた。


「何《なに》がお告《つ》げや！　どうせインチキやろ！」

見《み》ると、サングラスに派手《はで》なアロハシャツを着《き》たガラの悪《わる》い男《おとこ》が、壁《かべ》の鬼《おに》に向《む》かって大声《おおごえ》で怒鳴《どな》っていた。

「どっかにスピーカーでもあるんやろ？　なんとか言《い》うてみい！」

言《い》うなり、男《おとこ》は乱暴《らんぼう》に壁《かべ》を蹴《け》りはじめた。人々《ひとびと》が驚《おどろ》いて見《み》つめるなか、若《わか》い僧侶《そうりょ》が駆《か》け込《こ》んで男《おとこ》の腕《うで》をつかんだ。

「おやめください、黒田《くろだ》さん」

「離《はな》せや、じゃまや！」

黒田《くろだ》と呼《よ》ばれた男《おとこ》が乱暴《らんぼう》に手《て》を払《はら》うと、僧侶《そうりょ》は床《ゆか》に倒《たお》れた。

「だいたいな、この場所《ばしょ》にはマンションを建《た》てるって決《き》まったんや。こんなうさんくさい寺《てら》、とっととたたんで早《はよ》う出《で》ていかんかい！」

僧侶《そうりょ》は身《み》を起《お》こすと、黒田《くろだ》をキッとにらんだ。

キリリとした顔立《かおだ》ちの、20代《だい》くらいの若者《わかもの》である。

「ここは先祖代々《せんぞだいだい》受《う》け継《つ》いできた大切《たいせつ》な土地《とち》です。あなたたちが嫌《いや》がらせに来《く》るようになって、父《ちち》は心労《しんろう》がたたって入院《にゅういん》してしまった……。けれど、鬼神様《きじんさま》がお姿《すがた》を現《あらわ》し、わたしたちに力《ちから》を貸《か》してくださっている。この土地《とち》はあなたたちには絶対《ぜったい》に渡《わた》しません」

「フン！　なにが鬼神様《きじんさま》や。そんなもん、オレは信《しん》じへんで」

そのとき、再《ふたた》び低《ひく》いささやき声《ごえ》が室内《しつない》に響《ひび》いた。


「オオオオオオ……」

ビクリとして黒田《くろだ》が振《ふ》り向《む》くと、すぐうしろに、鬼《おに》のするどいまなざしがあった。

アロハシャツ
ハワイで生《う》まれた、カラフルな柄《がら》のシャツ。ハワイの男性《だんせい》の日常《にちじょう》着《ぎ》だが、正装《せいそう》でもある。日本《にほん》からの移民《いみん》が着物《きもの》を仕立《した》て直《なお》してつくったものがルーツだという。

「オオオオオ……この土地《とち》は鬼神《きじん》が見守《みまも》りし土地《とち》……汝《なんじ》らに渡《わた》しはしない」

そのかすかな声《こえ》は、鬼《おに》の近《ちか》くに立《た》つ真実《しんじつ》と健太《けんた》にも聞《き》こえた。

「こ、こんなもんに誰《だれ》がビビるかい！　どうせ何《なに》かしかけがあるんやろ！」

強《つよ》がってわめく黒田《くろだ》に、僧侶《そうりょ》が言《い》った。

「気《き》のすむまでお調《しら》べになればいい。鬼神様《きじんさま》のお告《つ》げにはタネもしかけもありません」

黒田《くろだ》の顔《かお》がゆがむ。すると、再《ふたた》び声《こえ》がした。

「オオォオ……この場《ば》から立《た》ち去《さ》れ。

さもなくば大《おお》いなる不幸《ふこう》が降《ふ》りかかるだろう……」

「ふ、ふ、不幸《ふこう》やと!?　そんなんデタラメや！」

そう叫《さけ》ぶと、黒田《くろだ》はよろめき、ころがるように入《い》り口《ぐち》から逃《に》げ出《だ》していった。

健太《けんた》は「ほ〜っ」と安堵《あんど》の吐息《といき》をついた。

（やっぱり鬼《おに》のお告《つ》げは本物《ほんもの》なんだ！）

だが、真実《しんじつ》はけわしい顔《かお》のまま壁《かべ》の鬼《おに》を見《み》つめていた。

「わからない……いったいどこから声《こえ》が聞《き》こえるんだ？」

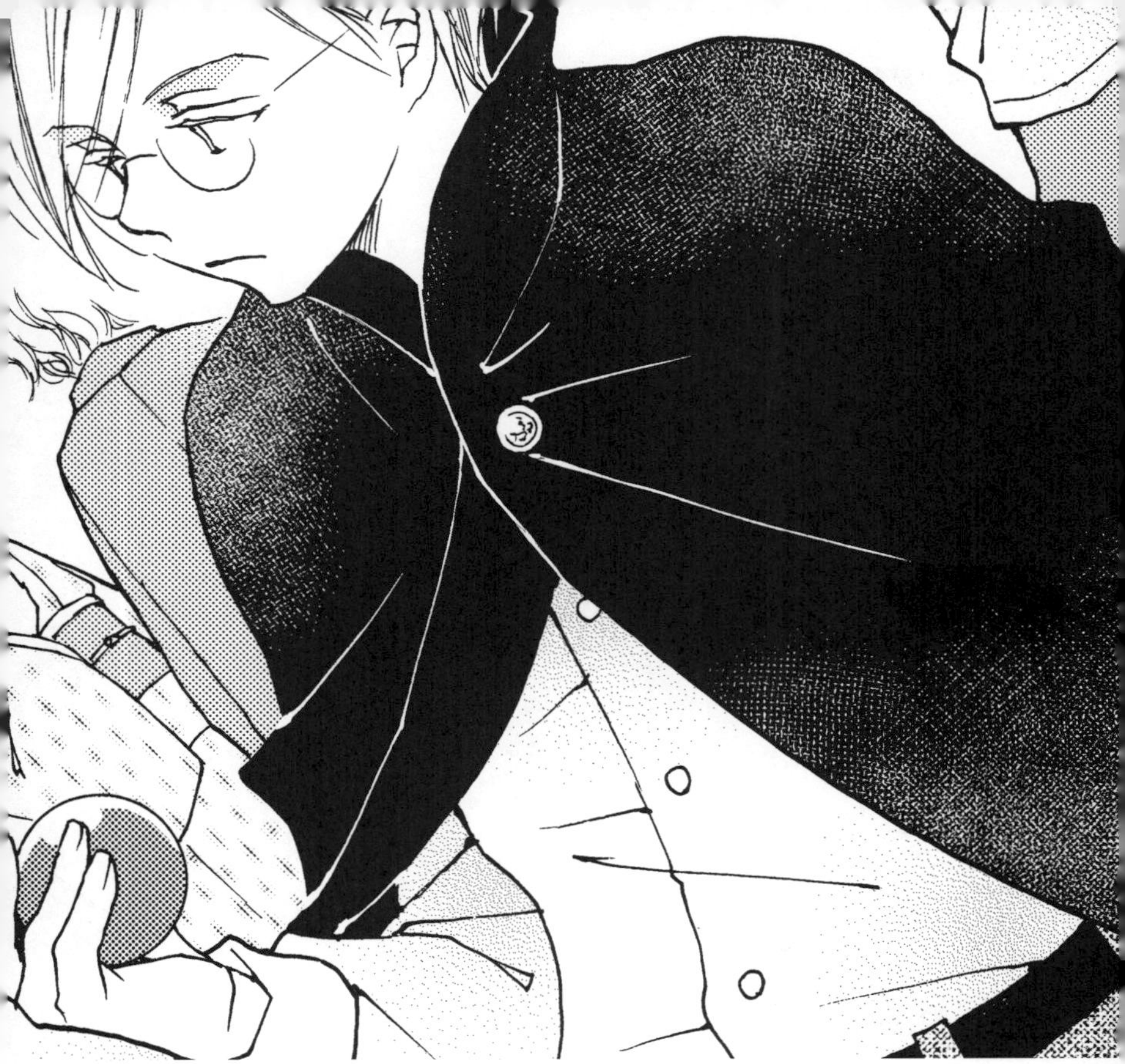

そのとき――。

コロコロコロ……壁《かべ》をつたって、真実《しんじつ》の足元《あしもと》にボールが転《ころ》がってきた。

「ボール？」

手《て》に取《と》ってまわりを見《み》ると、少《すこ》し離《はな》れた場《ば》所《しょ》で、お母《かあ》さんに抱《だ》っこされた小《ちい》さな子《こ》どもが泣《な》いている。その子《こ》が落《お》としたボールが、壁沿《かべぞ》いに転《ころ》がってきたようだった。

「壁《かべ》をつたってきた……。そうか、もしかして！」

　ふたたび室内《しつない》を見渡《みわた》した真実《しんじつ》は、「あるもの」に目《め》を留《と》めた。

「やっぱりね……。鬼《おに》のお告《つ》げのナゾが解《と》けたよ」

「えっ、本当《ほんとう》なの!?」

　そのとき、大《おお》きな笑《わら》い声《ごえ》が本堂《ほんどう》に響《ひび》きわたった。

「ハーッハッハッハー！」

　声《こえ》がしたほうを振《ふ》り向《む》くと、本堂《ほんどう》の入《い》り口《ぐち》で黒田《くろだ》がニヤニヤと一同《いちどう》を見渡《みわた》していた。

「どうしてまたあの人《ひと》が⁉」

健太《けんた》の顔《かお》が曇《くも》った。

「クックック……ビビって逃《に》げ出《だ》したと思《おも》うたやろ？　あれは、ほんのお遊《あそ》びや。残念《ざんねん》やけど、こう見《み》えても科学《かがく》にはちいっとばかり詳《くわ》しくてなあ。インチキお告《つ》げのナゾは、とうに見抜《みぬ》いとるわ」

健太《けんた》は驚《おどろ》き、真実《しんじつ》にささやいた。

「あの人《ひと》もナゾを解《と》いたって⁉　ねぇ、お告《つ》げはホントにインチキなの？」

「……」

真実《しんじつ》は、黙《だま》ったまま黒田《くろだ》を見《み》つめている。

黒田《くろだ》は人々《ひとびと》を見渡《みわた》すと、ゆっくりと壁《かべ》に沿《そ》って歩《ある》きはじめた。

「ナゾを解《と》くヒントを教《おし》えてやるわ。ひとつは部屋《へや》をグルリと囲《かこ》んだこの『壁《かべ》』や」

そう言《い》いながら、黒田《くろだ》は壁《かべ》をピタピタとたたいた。

「もうひとつは『音《おと》』や。音《おと》ってのは、おもろいもんでな。壁《かべ》に当《あ》たると、ボールみたいに跳《は》ね返《かえ》るんや」

「音《おと》がボールみたいに？　あれ？　同《おな》じ言葉《ことば》をどこかで聞《き》いた気《き》が……」

健太《けんた》は、目《め》をパチクリさせて真実《しんじつ》を見《み》た。

「鳴《な》き龍《りゅう》だよ。鬼《おに》のお告《つ》げは鳴《な》き龍《りゅう》と同《おな》じ、音《おと》の反射《はんしゃ》のマジックだったのさ」

「音《おと》の反射《はんしゃ》のマジック？」

「あとはこの部屋《へや》をよく見《み》ればわかるはずだよ。何《なん》のしかけもない壁《かべ》の鬼《おに》から、どうしてお告《つ》げの声《こえ》が聞《き》こえるのか——そのナゾがね」

健太《けんた》は本堂《ほんどう》の中《なか》を見《み》てみた。しかし、ナゾは解《と》けない。

「まずは、彼《かれ》の推理《すいり》を聞《き》いてみよう」

そう言《い》うと真実《しんじつ》は人差《ひとさ》し指《ゆび》で眼鏡《めがね》をクイッとあげた。

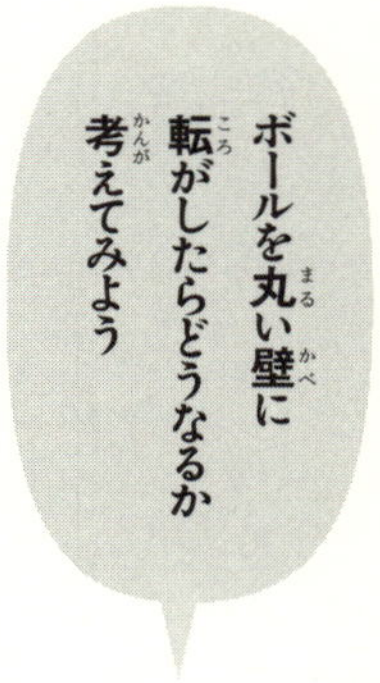
ボールを丸《まる》い壁《かべ》に
転《ころ》がしたらどうなるか
考《かんが》えてみよう

解《かい》決《けつ》編《へん》

「フフ……壁《かべ》に向《む》かって相談《そうだん》ごとをささやけとは、うまいこと考《かんが》えたもんや」

黒田《くろだ》は、ゆっくりと壁沿《かべぞ》いを歩《ある》きながら話《はなし》を続《つづ》けている。

「ささやき声《ごえ》は小《ちい》さいもんや。少《すこ》し離《はな》れただけでも、もう聞《き》こえへん。それは、小《ちい》さな『音《おと》のボール』が、あっちこっちに飛《と》び散《ち》ってしまうからや」

そこまで言《い》うと、黒田《くろだ》はピタリと足《あし》を止《と》め、ニヤリと笑《わら》った。

「けどな、こうすれば違《ちが》う」

黒田《くろだ》は、グイッと顔《かお》を壁《かべ》に近《ちか》づけてみせた。

「この本堂《ほんどう》の壁《かべ》はグルリと丸《まる》い……そこがミソや。壁《かべ》に向《む》かってささやくと、『音《おと》のボール』は、あっちこっちに散《ち》らばらずに、丸《まる》い壁《かべ》にぶつかりながら、壁《かべ》に沿《そ》って進《すす》んでいくんや。そうやってどんどん進《すす》んで、たとえ小《ちい》さなささやき声《ごえ》でも何十《なんじゅう》メートル先《さき》までも届《とど》くんや」

黒田《くろだ》はどうだと言《い》わんばかりのドヤ顔《がお》で一同《いちどう》を見渡《みわた》した。

「そんな場所《ばしょ》を『ささやきの回廊《かいろう》』いうてな、世界《せかい》でも珍《めずら》しいんやが、間違《まちが》いない、この本《ほん》堂《どう》はそのひとつや」

「ささやきの回廊《かいろう》!?」

健太《けんた》は思《おも》わず息《いき》をのんだ。

すると、それまで黙《だま》って話《はなし》を聞《き》いていた僧侶《そうりょ》が、黒田《くろだ》の前《まえ》に歩《あゆ》み出《で》た。

「つまりあなたは、鬼神様《きじんさま》のお告《つ》げは、誰《だれ》かがどこかでささやいた声《こえ》が、丸《まる》い壁《かべ》をつたって聞《き》こえているのだと？」

「そのとおりや」

自信満々《じしんまんまん》にうなずく黒田《くろだ》に、僧侶《そうりょ》は大《おお》きく首《くび》を振《ふ》った。

「バカバカしい。さっきあなたもご覧《らん》になったはずだ。壁《かべ》には何《なん》のしかけもない。いったい誰《だれ》が、どこで、ささやき声《ごえ》など発《はっ》しているというんです？」

健太《けんた》は本堂《ほんどう》を見渡《みわた》した。

壁《かべ》の近《ちか》くに立《た》って何《なに》かをささやいているような、あやしい人影《ひとかげ》はない。

だが、黒田《くろだ》は不気味《ぶきみ》な笑《わら》いを浮《う》かべた。

「言《い》うたやろ。この丸《まる》い壁《かべ》にささやけば、何十《なんじゅう》メートル先《さき》までも小《ちい》さな声《こえ》を伝《つた》えられるんや。そう……鬼《おに》の絵《え》からいちばん離《はな》れた場所《ばしょ》からでもな」

そう言《い》うと、壁《かべ》の1点《てん》を指《ゆび》さした。

「鬼《おに》からいちばん遠《とお》い壁《かべ》は、反対側《はんたいがわ》のあそこや。ありゃ何《なん》や？　おもろいもん

ささやきの回廊《かいろう》
ロンドン（イギリス）のセントポール寺院《じいん》や、北京《ペキン》（中国《ちゅうごく》）の天《てん》壇公園《だんこうえん》にある回音壁《かいおんへき》などが、「ささやきの回《かい》廊《ろう》」といわれている。訪《おとず》れることがあったら、ぜひ試《ため》してみよう。

があるな」

　そこには木製《もくせい》のロッカーが置《お》かれていた。

「ほ〜、ロッカーか。しかもちょうど、人《ひと》がひとり入《はい》れるくらいの大《おお》きさや。あの中《なか》には、何《なに》が入《はい》ってるんや？」

　黒田《くろだ》は僧侶《そうりょ》に問《と》いかけた。僧侶《そうりょ》の顔《かお》に、焦《あせ》りの色《いろ》が浮《う》かんでいた。

「さ、さあ、何《なん》だったか……」

　黒田《くろだ》は、ゆっくりとロッカーに向《む》かって歩《ある》きだした。

「ふふ……もしも、あのロッカーの中《なか》に人《ひと》が入《はい》ってたら？　ロッカーの内側《うちがわ》に穴《あな》があいてて、そこから誰《だれ》かが鬼《おに》のフリをして、壁《かべ》に向《む》かってささやいてたら？」

　しだいにロッカーへと近《ちか》づく黒田《くろだ》。

　健太《けんた》は、すがるように真実《しんじつ》を見《み》つめて言《い》った。

「ねえ、あの人《ひと》の言《い》ってることはホントなの？　鬼《おに》のお告《つ》げはホントにインチキなの!?」

　真実《しんじつ》は表情《ひょうじょう》を変《か》えずに答《こた》えた。

「心配《しんぱい》ないよ」

そう言《い》ったかと思《おも》うと、真実《しんじつ》はすばやく、壁《かべ》の鬼《おに》の近《ちか》くに駆《か》け寄《よ》った。

そして、置《お》かれていたパイプ椅子《いす》を、勢《いきお》いよく床《ゆか》に倒《たお》した。


ガターーーーン！

大《おお》きな音《おと》が本堂《ほんどう》に響《ひび》いた。人々《ひとびと》は驚《おどろ》いて真実《しんじつ》のほうを振《ふ》り向《む》いた。

「なんや！　うるさいぞ！」


降《ふ》り向《む》いた黒田《くろだ》が真実《しんじつ》を怒鳴《どな》りつけた。だが、真実《しんじつ》はすずしげな顔《かお》をしている。

「失礼《しつれい》。ちょっと手《て》が滑《すべ》ってしまって……」

「ふん。気《き》をつけろや」

そう言《い》うと、黒田《くろだ》は気《き》をとりなおし、ロッカーに向《む》き直《なお》った。

「さ～て、インチキ鬼《おに》を退治《たいじ》する瞬間《しゅんかん》や！」

黒田《くろだ》はロッカーの扉《とびら》に手《て》をかけると、力《ちから》を込《こ》めて、バン！と開《ひら》いた。

「あぁっ！」

中《なか》を見《み》て、健太《けんた》は思《おも》わず声《こえ》をあげた。

ロッカーの中《なか》は空《から》っぽだったのだ。

黒田《くろだ》は息《いき》をのんだ。

「誰《だれ》もいない!?　そ、そんなバカな……」

人々《ひとびと》がザワザワとざわめきだすなか、真実《しんじつ》は黒田《くろだ》に歩《あゆ》み寄《よ》って声《こえ》をかけた。

「黒田《くろだ》さん。あなたは、鬼《おに》のお

告《つ》げはインチキで、ロッカーの中《なか》から、誰《だれ》かがささやいているはずだと言《い》った。だけど、ロッカーの中《なか》には誰《だれ》もいない。これはいったい、どういうことです？」

「そ、それは……」

黒田《くろだ》の額《ひたい》に冷《ひ》や汗《あせ》が浮《う》かびはじめていた。

真実《しんじつ》はサラリと髪《かみ》をかきあげ、言葉《ことば》を続《つづ》けた。

「だとすれば答《こた》えはひとつです。鬼《おに》のお告《つ》げはインチキなんかじゃない。本物《ほんもの》だ」

「そんなハズはない！　そんなハズは……」

「試《ため》してみますか？」

真実《しんじつ》はクルリと振《ふ》り返《かえ》ると、壁《かべ》の鬼《おに》のほうへ行《い》き、語《かた》りかけた。

「教《おし》えてください。さっきのお告《つ》げの、黒田《くろだ》さんに降《ふ》りかかる『大《おお》いなる不幸《ふこう》』……。それはどんなものですか？」

そう言《い》うと真実《しんじつ》は、鬼《おに》の口元《くちもと》にピッタリと耳《みみ》を寄《よ》せた。

そして――。

「……ええ。はい……そうですか」

なんと、鬼《おに》に向《む》かってあいづちを打《う》ちはじめたのである。

黒田《くろだ》は驚《おどろ》いて叫《さけ》んだ。

「どういうことや!?　下手《へた》な芝居《しばい》はやめろっ！」

「……ええ。なるほど。わかりました」

壁《かべ》の鬼《おに》に向《む》かってそう答《こた》えると、真実《しんじつ》は黒田《くろだ》のほうに向《む》き直《なお》った。


「鬼《おに》のお告《つ》げがありましたよ」


「ウソや！　そんなもんあるワケない！」

「お告《つ》げはこうです。あなたは、会社《かいしゃ》のお金《かね》に手《て》をつけているそうですね。もしもそのことが仲間《なかま》にばれたら、タダではすまないはずだと」

黒田《くろだ》の顔色《かおいろ》が変《か》わった。

「ど、どうしてそれを!?」

「言《い》ったでしょう？　鬼《おに》のお告《つ》げです。お告《つ》げが本当《ほんとう》なら、こんなことをしている場合《ばあい》ではないのでは？」

「く……チクショウ!!」

黒田《くろだ》は額《ひたい》の汗《あせ》をぬぐうと、はじかれたように本堂《ほんどう》を飛《と》び出《だ》していった。

バタンと扉《とびら》が閉《し》まると、健太《けんた》は真実《しんじつ》に駆《か》け寄《よ》った。

「やったね真実《しんじつ》くん！　鬼《おに》のお告《つ》げはやっぱり本当《ほんとう》だったんだね！」

「いや。残念《ざんねん》だけどそうじゃない。あとで説《せつ》明《めい》するよ」

そのとき、本堂《ほんどう》に声《こえ》が響《ひび》いた。

「その話《はなし》、わたしからお伝《つた》えしましょう」

健太《けんた》が振《ふ》り向《む》くと、そこには、スーツ姿《すがた》のさわやかな青《せい》年《ねん》が立《た》っていた。

「わたしは、占師《うらないし》の、大泉八雲《おおいずみやくも》といいます」

「大泉八雲《おおいずみやくも》って……たしか相国寺《しょうこくじ》あたりで人気《にんき》のイケメン占師《うらないし》だよね!? いったい、どういうこと?」

と、とまどう健太《けんた》。

八雲《やくも》は、僧侶《そうりょ》の顔《かお》を見《み》つめて言《い》った。

「話《はな》してもいいかい? すべての秘密《ひみつ》を」

その言葉《ことば》に、僧侶《そうりょ》は静《しず》かにうなずいた。

「ああ。いつかは打《う》ち明《あ》けなきゃいけないことだ」

八雲《やくも》は人々《ひとびと》のほうを向《む》くと、静《しず》かに話《はな》しはじめた。

「あの男《おとこ》、黒田《くろだ》の推理《すいり》は当《あ》たっていました。『鬼《おに》のお告《つ》げ』は本物《ほんもの》じゃない。この本堂《ほんどう》の壁《かべ》を利用《りよう》し、わたしがこのロッカーの中《なか》から『お告《つ》げ』をささやいていたんです。ほら、こんなふうに……」

そう言《い》いながら八雲《やくも》はロッカーにかけられた鏡《かがみ》を取《と》り外《はず》した。

ロッカーに大《おお》きな穴《あな》が開《あ》き、その向《む》こうに本堂《ほんどう》の壁《かべ》が見《み》えた。

「でも、さっきあの人《ひと》がロッカーを開《あ》けたときは、誰《だれ》もいなかったけど？」

健太《けんた》の疑問《ぎもん》に八雲《やくも》はうなずき、真実《しんじつ》を指《ゆび》さした。

「彼《かれ》が救《すく》ってくれたんです」

「真実《しんじつ》くんが？」

「はい。あの男《おとこ》がロッカーに近《ちか》づいてきたとき、わたしはこの中《なか》にいた。鬼《おに》のお告《つ》げのトリックがばれてしまう……すべて終《お》わったと思《おも》いました。そのときです」

「ぼくが、みんなの注意《ちゅうい》をそらしたんだ。これでね」

真実《しんじつ》の手《て》には、パイプ椅子《いす》が握《にぎ》られていた。

「ああっ、それって」

健太《けんた》は思《おも》わず、ポン！と手《て》を打《う》った。

あのとき、真実《しんじつ》は椅子《いす》を倒《たお》し、みんなの視線《しせん》を

ロッカーからそらしたのだ。

八雲《やくも》が説明《せつめい》を続《つづ》けた。

「椅子《いす》を倒《たお》す前《まえ》に、真実《しんじつ》くんは壁《かべ》の鬼《おに》に向《む》かってささやいてくれたんです。『今《いま》からそこを出《で》てください』って。その声《こえ》は壁《かべ》を伝《つた》わり、ロッカーの中《なか》でもはっきりと聞《き》こえました。そしてわたしは、椅子《いす》の倒《たお》れる音《おと》に黒田《くろだ》が気《き》を取《と》られたすきに、ロッカーから出《で》たんです」

「だから、ロッカーは空《から》っぽだったんだね。あれっ？　でも、最後《さいご》のお告《つ》げは？　あのとき、真実《しんじつ》くんには誰《だれ》の声《こえ》が聞《き》こえていたの？」

「誰《だれ》の声《こえ》も聞《き》こえていないよ。聞《き》こえるフリをしてただけさ」

「聞《き》こえるフリ？」

首《くび》をかしげる健太《けんた》に、再《ふたた》び八雲《やくも》が説明《せつめい》を加《くわ》えた。

「みんなが空《から》っぽのロッカーに目《め》を奪《うば》われていたとき、真実《しんじつ》くんがロッカーから出《で》たわたし

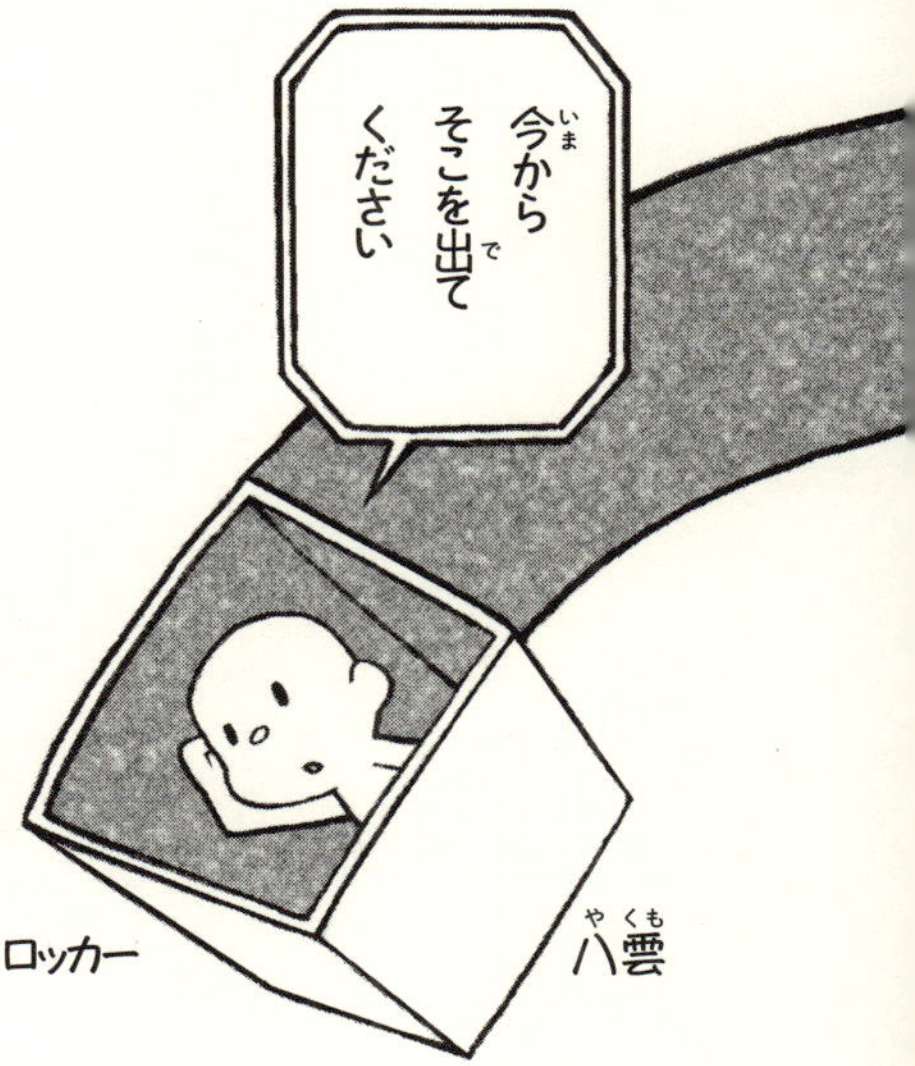

に近《ちか》づいて、言《い》ったんです。『黒田《くろだ》の弱《よわ》みを教《おし》えてください』って。だからわたしは、最近《さいきん》耳《みみ》にした黒田《くろだ》の悪《わる》いうわさを真実《しんじつ》くんに伝《つた》えたんです。でも……どうしてわたしが黒田《くろだ》の弱《よわ》みを知《し》ってるってわかったんだい？」

八雲《やくも》がたずねると、真実《しんじつ》は答《こた》えた。

「簡単《かんたん》な推理《すいり》です。よく当《あ》たると評判《ひょうばん》の鬼《おに》のお告《つ》げ……そんなことができるのは、人気《にんき》占《うらない》師《し》の八雲《やくも》さんに違《ちが》いないって。そして、占師《うらないし》なら、きっといろんな人《ひと》からいろんなうわさを耳《みみ》にしているはずだと思《おも》ったんです」

「なるほど。すべてお見通《みとお》しだったというわけですね」

八雲《やくも》は、感心《かんしん》したように目《め》を細《ほそ》めた。

「あとは八雲《やくも》さんに聞《き》いた話《はなし》を、お告《つ》げのフリをしてあの男《おとこ》に伝《つた》えたんだ」

「なるほど〜！　すごい、すごいよ真実《しんじつ》くん！」

感激《かんげき》する健太《けんた》のそばに僧侶《そうりょ》が進《すす》み出《で》て、その場《ば》にいる人《ひと》たちに向《む》かって深々《ふかぶか》と頭《あたま》を下《さ》げた。

「鬼《おに》のお告《つ》げだなんて、みなさんにウソをついてしまい、申《もう》しわけありませんでした。すべては、あの男《おとこ》たちから、この寺《てら》を守《まも》るためだったんです」

「いや、幼《おさな》なじみの彼《かれ》に、鬼《おに》のお告《つ》げを提案《ていあん》したのはわたしです」

続《つづ》いて八雲《やくも》も深々《ふかぶか》と頭《あたま》を下《さ》げた。

「この本堂《ほんどう》の壁《かべ》が『ささやきの回廊《かいろう》』だということは小《ちい》さいころから知《し》っていました。それを使《つか》って鬼《おに》のお告《つ》げを始《はじ》めれば、世間《せけん》の注目《ちゅうもく》を集《あつ》め、あの男《おとこ》たちもこの寺《てら》に手《て》を出《だ》しづらくなる――そう考《かんが》えて壁《かべ》に鬼《おに》のように見《み》える染《し》みを描《か》いたんです。大切《たいせつ》なこの寺《てら》を失《うしな》いたくなかったから……」

いつしか、僧侶《そうりょ》と八雲《やくも》のふたりを取《と》り囲《かこ》んだ人々《ひとびと》から拍手《はくしゅ》が起《お》こっていた。

いつまでも鳴《な》り止《や》まない拍手《はくしゅ》のなか、健太《けんた》はにっこり笑《わら》って真実《しんじつ》を見《み》た。

このあと、集合時間《しゅうごうじかん》に遅《おく》れたふたりが、マジメスギに鬼《おに》のように怒《おこ》られたことは言《い》うまでもない。

3

SCIENCE TRICK DATA FILE

科学《かがく》トリック データファイル

Q. 音《おと》は水《みず》の中《なか》でも聞《き》こえるの?

音《おと》の不思議《ふしぎ》

太鼓《たいこ》をたたいたとき、太鼓《たいこ》の表面《ひょうめん》がブルブルと震《ふる》えているのを見《み》たことがあるでしょう。このような「ものの震《ふる》え」が、音《おと》の正体《しょうたい》です。太鼓《たいこ》の表面《ひょうめん》が震《ふる》えると、太《たい》鼓《こ》に接《せっ》している空気《くうき》が震《ふる》えるので、音《おと》がどんどん空気中《くうきちゅう》を伝《つた》わっていきます。水《すい》中《ちゅう》では、水《みず》が震《ふる》えることで音《おと》が伝《つた》わっていきます。つまり、震《ふる》えるものがないと、音《おと》

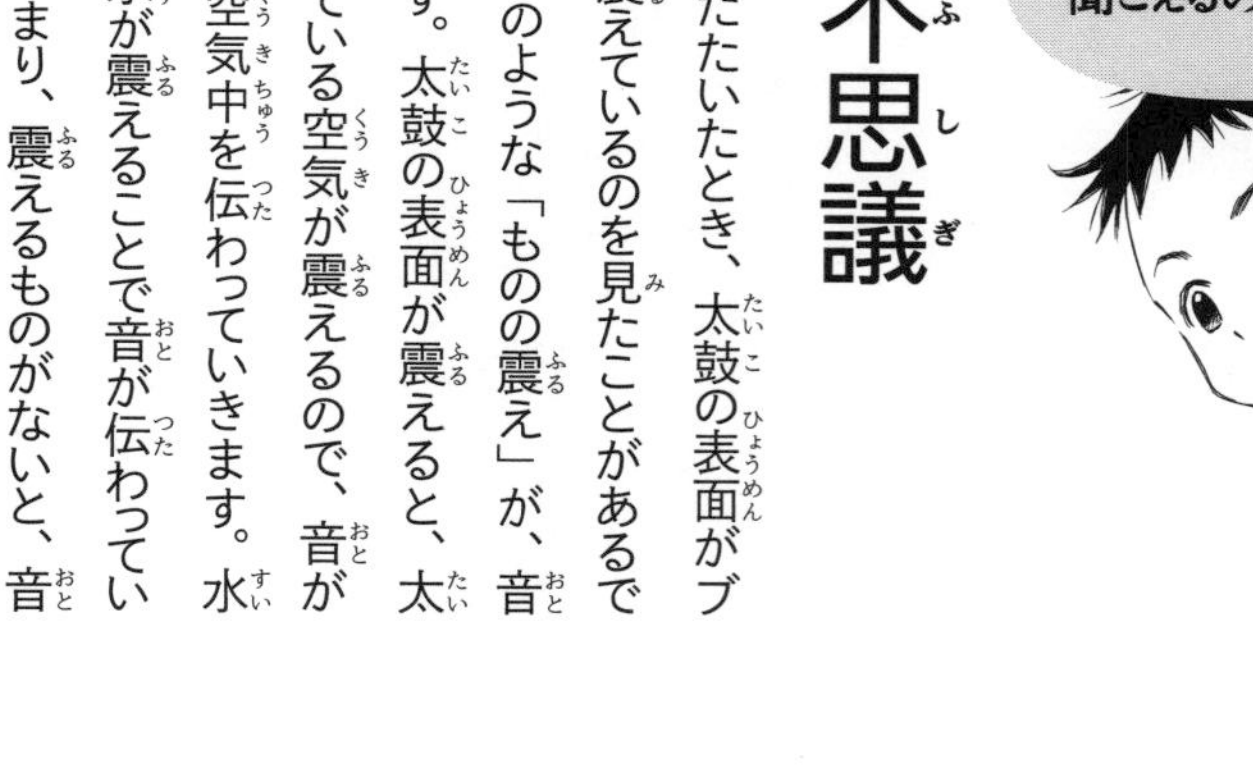

糸電話《いとでんわ》は、糸《いと》が震《ふる》えを伝《つた》える

は伝《つた》わらないのです。そのため、空気《くうき》のない場所《ばしょ》、たとえば宇宙空間《うちゅうくうかん》では、音《おと》はまったく聞《き》こえません。

また、音《おと》の伝《つた》わる速《はや》さは、震《ふる》えるもの（音《おと》を伝《つた》えるもの）やその温度《おんど》によって変《か》わります。たとえば、空気中《くうきちゅう》では、１秒間《びょうかん》に約《やく》３４０メートル。これは、ジェット機《き》よりも速《はや》い速度《そくど》です。水中《すいちゅう》では空気中《くうきちゅう》よりずっと速《はや》く、１秒間《びょうかん》に約《やく》１５００メートルも進《すす》みます。

A.空気中《くうきちゅう》より水中《すいちゅう》のほうが、音《おと》はずっと速《はや》く伝《つた》わるよ。

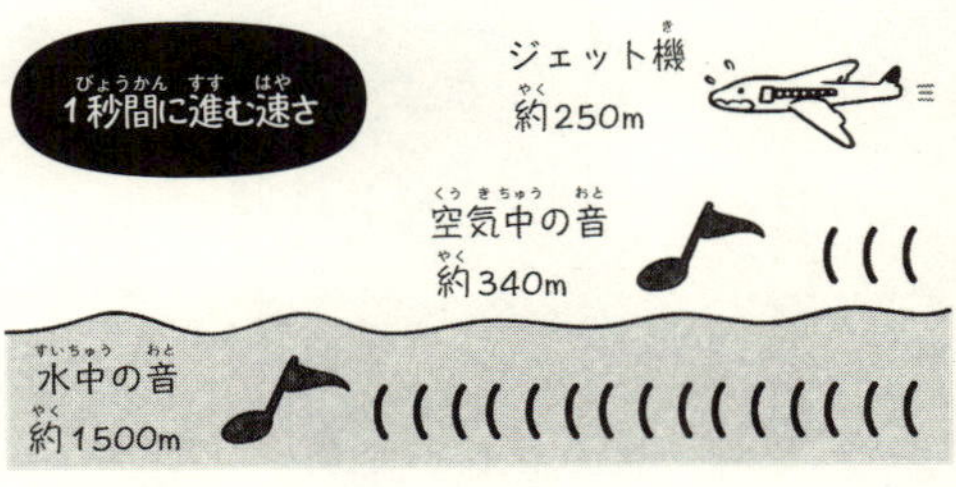
1秒間《びょうかん》に進《すす》む速《はや》さ
ジェット機《き》
約《やく》250m
空気中《くうきちゅう》の音《おと》
約《やく》340m
水中《すいちゅう》の音《わと》
約《やく》1500m

闇《やみ》に光《ひか》る目《め》

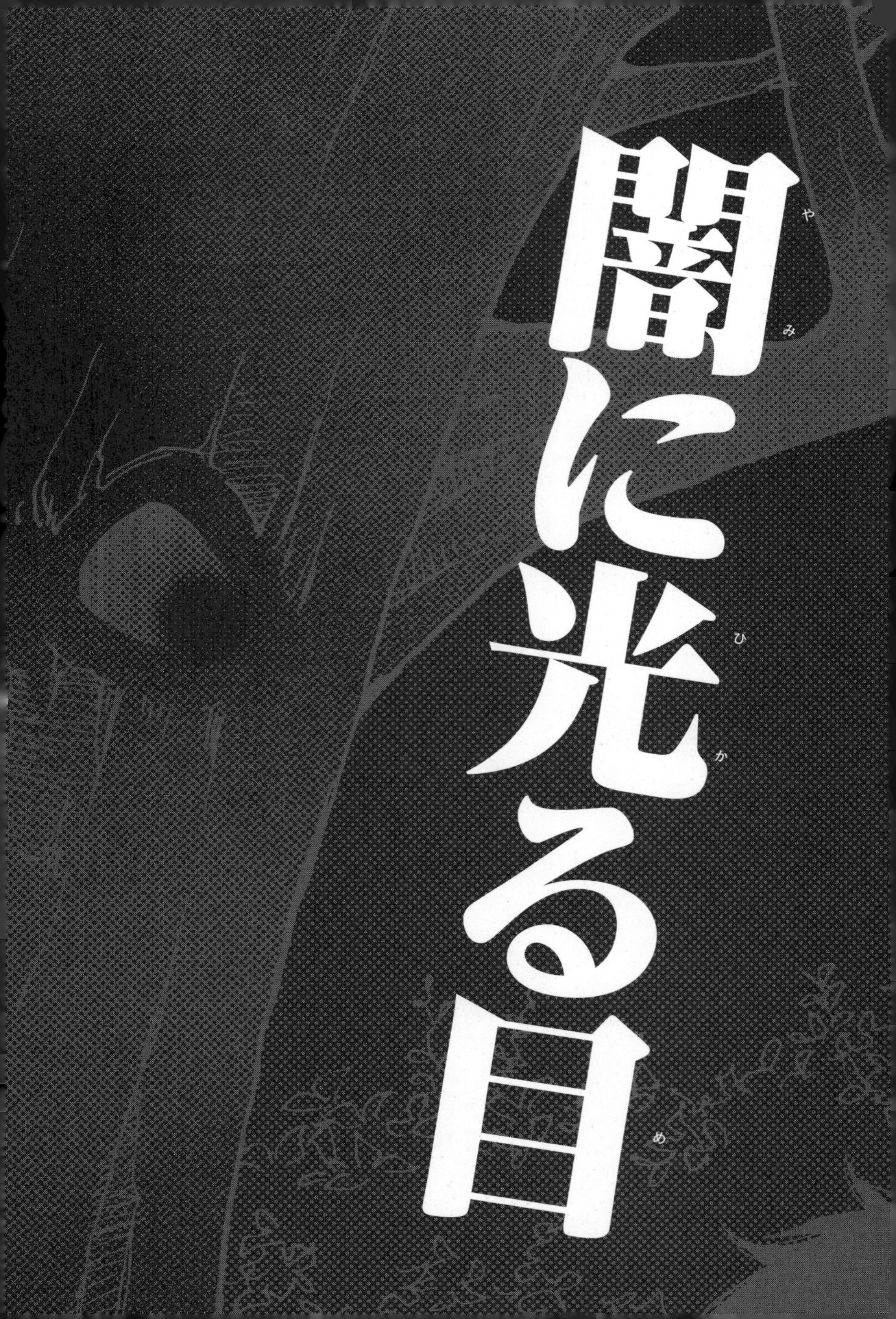

呪《のろ》いの修学旅行《しゅうがくりょこう》4

事《じ》件《けん》編《へん》

「だから、見《み》えなかったと言《い》ってるでしょう！」

「そんなことないよ。ちゃんと見《み》えたってば〜！」

「マジメスギ」こと杉田《すぎた》ハジメに、健太《けんた》が珍《めずら》しく反論《はんろん》していた。

修学旅行《しゅうがくりょこう》2日目《ふつかめ》の午後《ごご》。休憩時間《きゅうけいじかん》に立《た》ち寄《よ》った茶店《ちゃみせ》でのことである。

言《い》い争《あらそ》いの原因《げんいん》は、ついさっき見学《けんがく》した「知恩院《ちおんいん》」にあった。

このお寺《てら》には、「三方正面真向《さんぽうしょうめんまむき》の猫《ねこ》」と呼《よ》ばれる、不思議《ふしぎ》な猫《ねこ》の絵《え》がある。この猫《ねこ》、どの角度《かくど》からながめても、見《み》る者《もの》のほうを向《む》いているように見《み》えるというのだ。

健太《けんた》も『京都観光《きょうとかんこう》マップ』の紹介《しょうかい》ページを2重丸《じゅうまる》でチェックするほど、今回《こんかい》の見学《けんがく》を楽《たの》しみにしていた絵《え》だった。

「ぼくは、右《みぎ》からも左《ひだり》からも、下《した》からも、いろんな角度《かくど》から何度《なんど》も見《み》たんだ。どこから見《み》て

三方正面真向《さんぼうしょうめんまむき》の猫《ねこ》(模写《もしゃ》)

も、ちゃ～んと猫《ねこ》と目《め》が合《あ》って見《み》えたよ！」

熱《あつ》く語《かた》る健太《けんた》に、マジメスギは言《い》い返《かえ》す。

「だからキミは単純《たんじゅん》だというんです。あの猫《ねこ》の絵《え》は、目《め》の真《ま》ん中《なか》に黒目《くろめ》が描《えが》かれていた。だからどこから見《み》ても目《め》が合《あ》ったような錯覚《さっかく》が起《お》きるんです。まあ、学級委員長《がっきゅういいんちょう》をつとめるこのワタシくらい洗練《せんれん》されていれば、錯覚《さっかく》なんかにまどわされませんけどね」

「え～っ、ホントに目《め》が合《あ》ったのに……。ねえ、なんとか言《い》ってよ、真実《しんじつ》くん！」

健太《けんた》は、うしろに座《すわ》る真実《しんじつ》に助《たす》けを求《もと》めた。

しかし、真実《しんじつ》がチラリと見《み》たのは健太《けんた》の顔《かお》ではなく、長椅子《ながいす》の上《うえ》に置《お》かれた、まんじゅうが入《はい》った皿《さら》だった。

「最後《さいご》のひとつ、誰《だれ》も食《た》べないのかい？」

見《み》ると、お皿《さら》の中《なか》には茶色《ちゃいろ》い皮《かわ》のまんじゅうがひとつ残《のこ》っている。

「もちろん食《た》べるよ。これはぼくのだもん！」

健太《けんた》の言葉《ことば》に、あわててマジメスギが口《くち》をはさむ。

「よく見《み》てください。このおまんじゅうは、お皿《さら》の真《ま》ん中《なか》より、ワタシのほうに近《ちか》いでしょう？　どう見《み》てもワタシのものです」

「い〜や。１・５センチはぼくのほうに近《ちか》いよ！」

「断《だん》じて７ミリは、ワタシのほうに近《ちか》いです！」

真実《しんじつ》はバッグからステンレス製《せい》の定《じょう》規《ぎ》を取《と》り出《だ》すと、ふたりの前《まえ》に差《さ》し出《だ》した。


「だったら測《はか》ってみたらどうだい？」


定規《じょうぎ》で測《はか》ってみて、健太《けんた》とマジメスギは驚《おどろ》いた。

まんじゅうは、皿《さら》のぴったり真《ま》ん中《なか》

に置《お》かれていたのである。

「ええ～っ、どうして!?　ぼくの近《ちか》くに見《み》えるのに!?」

「ワタシのほうに近《ちか》いはずなのに……これはどういうことですか!?」

真実《しんじつ》はやれやれといったふうに答《こた》える。

「たった今《いま》、『三方正面真向の猫《さんぽうしょうめんまむきのねこ》』の話《はなし》をしていたばかりだろう？　それと同《おな》じ、目《め》の錯覚《さっかく》だよ」

「目《め》の錯覚《さっかく》？」

健太《けんた》とマジメスギが再《ふたた》び皿《さら》をのぞき込《こ》むと、真実《しんじつ》は説明《せつめい》を続《つづ》けた。

「お皿《さら》を斜《なな》め上《うえ》から見《み》たとき、まんじゅうより手前《てまえ》は、お皿《さら》のふちに隠《かく》れて見《み》えない。一方《いっぽう》、まんじゅうより向《む》こう側《がわ》は、しっかり見《み》えている。そのため、真《ま》ん中《なか》にあるまんじゅうでも、手前《てまえ》のふちの近《ちか》くにあるように感《かん》じてしまうんだ。だから、どこから見《み》ても、見《み》た人《ひと》の近《ちか》くにあるように見《み》えるのさ」

「これが錯覚《さっかく》!?」

驚《おどろ》くマジメスギに、真実《しんじつ》はこうつけ加《くわ》えた。

「気《き》にすることはないよ。ふつうの人《ひと》はみんな、錯《さっ》覚《かく》にまどわされるものさ」

そう言《い》うと真実《しんじつ》は、抹茶《まっちゃ》の入《はい》った茶碗《ちゃわん》を手《て》にとり、クルリと回《まわ》してから口《くち》をつけた。

「ふつうの人《ひと》？　学級《がっきゅう》委員長《いいんちょう》をつとめるこのワタシが……？」

よほど悔《くや》しかったのか、マジメスギの顔《かお》がみるみる真《ま》っ赤《か》になっていく。

そして次《つぎ》の瞬間《しゅんかん》――。

バン！

と、マジメスギはいきなり立《た》ちあがって言《い》った。

「謎野《なぞの》くん。キミに挑戦《ちょうせん》します！　今《いま》からワタシが出《だ》すナゾが解《と》けなかったら、これまで集合時間《しゅうごうじかん》に何《なん》

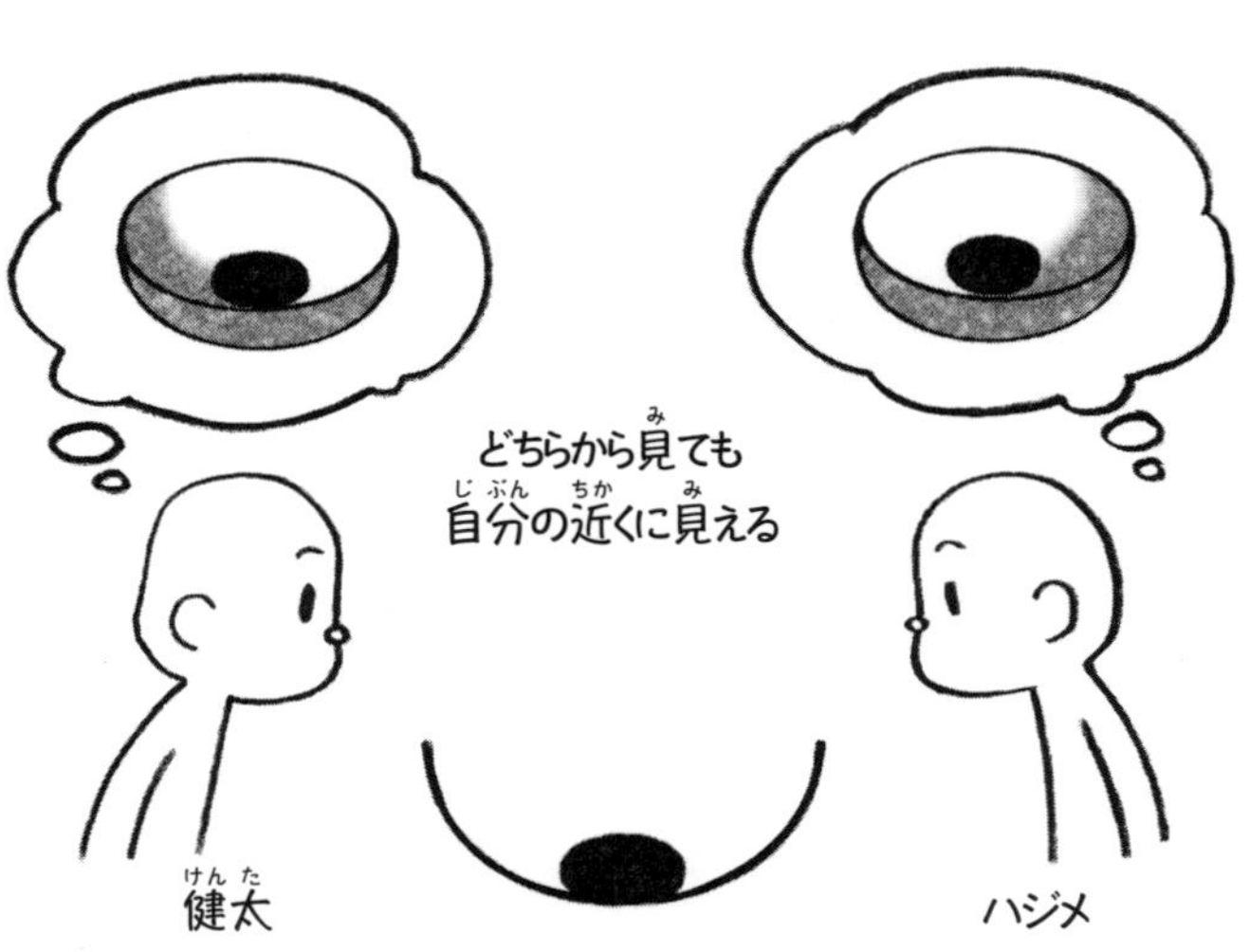

度《ど》も遅《おく》れた罰《ばつ》として、謎野《なぞの》くんと宮下《みやした》くんの明日《あす》の外出《がいしゅつ》は禁止《きんし》です！　みんなに迷惑《めいわく》をかけないよう、旅館《りょかん》で1日《にち》おとなしくしていてもらいます！」

（どうしよう！　外出《がいしゅつ》できなくなっちゃう!!）

健太《けんた》はあわてたが、言《い》いはじめたら一歩《いっぽ》も引《ひ》かないのがマジメスギだ。

真実《しんじつ》は、そ知《し》らぬ顔《かお》で静《しず》かに抹茶《まっちゃ》を飲《の》み続《つづ》けている。

「いいですか。旅館《りょかん》の人《ひと》に聞《き》いた話《はなし》では、ゆうべ、旅館《りょかん》の裏山《うらやま》で巨大《きょだい》な木《き》の化《ば》け物《もの》が目撃《もくげき》されたそうです。大《おお》きな目玉《めだま》を光《ひか》らせて、恐《おそ》ろしい顔《かお》でにらみつけてきたそうですよ。この化《ば》け物《もの》の正体《しょうたい》を解《と》き明《あ》かしてみてください！」

健太《けんた》は思《おも》わずブルルッと肩《かた》を震《ふる》わせた。

（巨大《きょだい》な木《き》の化《ば》け物《もの》!?　怖《こわ》いけど……ホントにいるなら見《み》てみたい……）

真実《しんじつ》は、抹茶《まっちゃ》の茶碗《ちゃわん》をクルリと回《まわ》して置《お》くと、ポツリとつぶやいた。

「それは興味深《きょうみぶか》いナゾだ」

「それじゃあ決《き》まりです！　今夜《こんや》の肝試《きもだめ》し。ワタシと謎野《なぞの》くんがペアになります！」

「肝試《きもだめ》し？」

マジメスギの言葉《ことば》に、健太《けんた》は目《め》をパチクリさせた。

今夜《こんや》の自由時間《じゆうじかん》、6年《ねん》2組《くみ》は肝試《きもだめ》しをしようとの案《あん》は出《で》ていたが、まだ場所《ばしょ》が決《き》まっていなかったのだ。

「肝試《きもだめ》しの場所《ばしょ》は化《ば》け物《もの》が出《で》たという旅館《りょかん》の裏山《うらやま》にします。これほど肝試《きもだめ》しにぴったりの場所《ばしょ》はありません。謎野《なぞの》くんには、ワタシの目《め》の前《まえ》でしっかりとナゾを解《と》いてもらいますよ。いいですね？」

一方《いっぽう》、そのころ。

茶店《ちゃみせ》の中庭《なかにわ》では、大前先生《おおまえせんせい》と河合先生《かわいせんせい》が向《む》かい合《あ》って話《はな》していた。

大前先生《おおまえせんせい》を見《み》かけた河合先生《かわいせんせい》が、思《おも》い切《き》って声《こえ》をかけたのである。

「あ、あの……大前先生《おおまえせんせい》は、どうして理科《りか》クラブの顧問《こもん》になられたんですか？」

「いやあ、実《じつ》はぼく、子《こ》どものころから山登《やまのぼ》りによく行《い》ってて」

「自然《しぜん》がお好《す》きだったんですね」

「いえ。自然《しぜん》というか……キノコが大好《だいす》きなんです」

「は……、キノコ？」

大前先生《おおまえせんせい》は目《め》をキラキラと輝《かがや》かせ、いきいきと語《かた》り始《はじ》めた。

「キノコって不思議《ふしぎ》なんですよ。植物《しょくぶつ》だと思《おも》われがちですけど、実《じつ》は菌類《きんるい》で、カビの仲間《なかま》なんです。しかも、日本《にほん》だけでも５千種類《せんしゅるい》以上《いじょう》あって、そのうち、名前《なまえ》がついているキノコが約《やく》２千種類《せんしゅるい》、食《た》べられるキノコが約《やく》２００種類《しゅるい》といわれてるんです。なかには『光《ひか》るキノコ』なんてものまであって……」

そこまでひと息《いき》にしゃべると、大前先生《おおまえせんせい》はハッと我《われ》に返《かえ》った。

「あっ、ご興味《きょうみ》ありませんよね。キノコなんて」

「えっ、い、いいえ！　ぜひ見《み》てみたいですわ、光《ひか》るキノコ」

河合先生《かわいせんせい》があわてて答《こた》えると、大前先生《おおまえせんせい》は満面《まんめん》の笑顔《えがお》になった。

「そうだ！　よかったら今夜《こんや》、少《すこ》しお時間《じかん》ありますか？　お見《み》せしたいものがあるんですけど、いかがです？」

「今夜《こんや》……？」

（そんな時間《じかん》に何《なに》を見《み》せてくださるのかしら？　もしかして、指輪《ゆびわ》……!?　まさか、一気《いっき》にプロポーズ!?）

「花森小《はなもりしょう》のマドンナ」の河合先生《かわいせんせい》は、ドキドキと胸《むね》を高鳴《たかな》らせていた。


夜《よる》７時《じ》。旅館《りょかん》の裏山《うらやま》に、６年《ねん》２組《くみ》の生徒《せいと》たちが集《あつ》まっていた。

裏山《うらやま》とはいうものの、そこは、まるで植物園《しょくぶつえん》のようになっていた。

庭造《にわづく》りが趣味《しゅみ》だった旅館《りょかん》の先代主人《せんだいしゅじん》が、広大《こうだい》な敷地《しきち》にさまざまな植物《しょくぶつ》を植《う》えていたらしい。

しかし、少《すこ》し奥《おく》に目《め》を向《む》けるとうす暗《ぐら》い森《もり》が広《ひろ》がり、明《あ》かりも、人《ひと》の気配《けはい》もなかった。


「え～、では今《いま》から、くじ引《び》きで肝試《きもだめ》しのペアを決《き》めます」

くじ引《び》きの箱《はこ》を手《て》にしたマジメスギがみんなに声《こえ》をかけた。

健太《けんた》はドキドキしてきた。

（ホントに、巨大《きょだい》な木《き》の化《ば》け物《もの》なんて出《で》るのかな……）

ほかのみんなも不安《ふあん》そうに顔《かお》を見合《みあ》わせている。

そのようすに気《き》づいたマジメスギは、オホンとせきばらいをした。

「みなさん、何《なに》も心配《しんぱい》はいりません。責任感《せきにんかん》にあふれるこのワタシが最初《さいしょ》に出発《しゅっぱつ》して、化《ば》け物《もの》の正体《しょうたい》を解《と》き明《あ》かしてみせます！」

「でも、ペアを組《く》む真実《しんじつ》くんがまだ来《き》てないみたいだけど？」

健太《けんた》がそう言《い》うと、マジメスギの顔色《かおいろ》が変《か》わった。

「なんですって？　まさか、怖《こわ》くなって逃《に》げ出《だ》したんじゃないでしょうね」

「真実《しんじつ》くんが逃《に》げるはずないよ。もしかしたら、ひとりで先《さき》にナゾを解《と》きに行《い》っちゃったのかもしれないけど……」

「ひとりで……？　ま、まさか手柄《てがら》をひとりじめする気《き》じゃ……こうしてはいられません！」

言《い》うなり、マジメスギはつかつかと健太《けんた》に歩《あゆ》み寄《よ》った。

「えっ、なになに!?」

とまどう健太《けんた》の手《て》をつかむと、マジメスギはその手《て》を高々《たかだか》と持《も》ち上《あ》げた。

「はい、ペア変更！　謎野くんに代わって宮下《みやした》くん！　ワタシと最初《さいしょ》に出発《しゅっぱつ》します！」

「ええ〜っ!?」

健太《けんた》の叫《さけ》び声《ごえ》が夜空《よぞら》に響《ひび》いた。

裏山《うらやま》の奥《おく》は木々《きぎ》が生《お》いしげり、深《ふか》い森《もり》になっていた。

その中《なか》を健太《けんた》とマジメスギがへっぴり腰《ごし》で進《すす》んでいく。

「し、しっかり懐中電灯《かいちゅうでんとう》で照《て》らしてください。手《て》が震《ふる》えてますよ！」

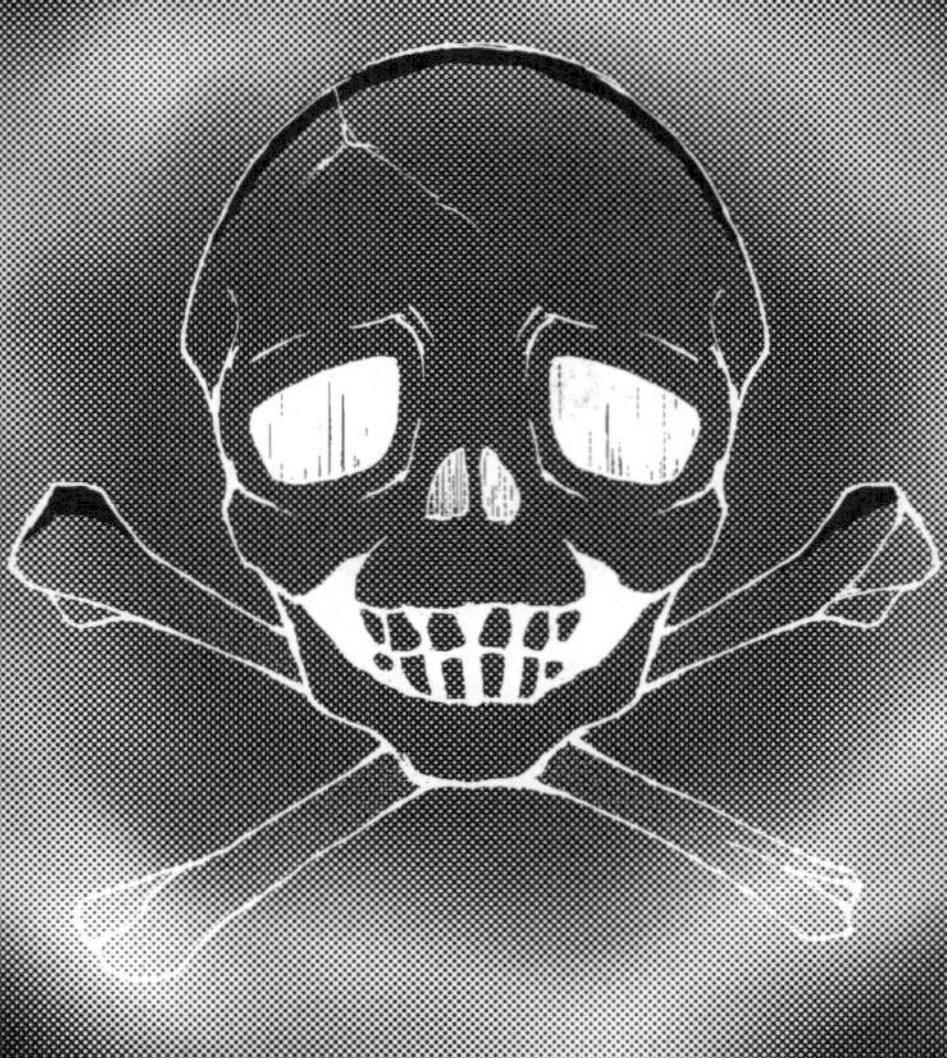

「す、杉田《すぎた》くんこそ、ひとりで行《い》くのが怖《こわ》かったくせに！」
その瞬間《しゅんかん》、健太《けんた》の懐中電灯《かいちゅうでんとう》が何《なに》かを照《て》らし出《だ》した。
闇《やみ》に浮《う》かんだ白《しろ》い物体《ぶったい》——。
それはなんと、ドクロだった！

「わ〜っ！　で、で、出《で》た〜っ！」

「ひえええええ！」


叫《さけ》び声《ごえ》をあげ、しりもちをつくふたり。

しかし、よく見《み》ると、それは木《き》に立《た》てかけられた看板《かんばん》だった。

「毒《どく》キノコに注意《ちゅうい》！」。その文字《もじ》の横《よこ》に、不気味《ぶきみ》なドクロのイラストが描《か》かれている。

「な、な〜んだ。看板《かんばん》かぁ」

「まったく人騒《ひとさわ》がせな……ん？」

マジメスギが何《なに》かに気《き》づいた。

地面《じめん》に足跡《あしあと》が残《のこ》っている。

「靴《くつ》の跡《あと》です。これはもしや、謎野《なぞの》くんの?」

「うーん……真実《しんじつ》くんの靴《くつ》の跡《あと》にしては、ちょっと大《おお》きい気《き》もするけど……」

その足跡《あしあと》は、ドクロの看板《かんばん》を横切《よこぎ》り、木々《きぎ》の奥《おく》へと続《つづ》いていた。

「彼《かれ》に間違《まちが》いありません。先《さき》を急《いそ》がないと!」

言《い》うなりマジメスギは立《た》ち上《あ》がり、先《さき》へと歩《ある》きはじめた。

「ちょ、待《ま》ってよ、杉田《すぎた》くん!」

あわてて健太《けんた》はそのあとを追《お》った。


奥《おく》に進《すす》めば進《すす》むほど、森《もり》のようすは不気味《ぶきみ》になっていった。

ふたりを取《と》り囲《かこ》む木々《きぎ》の幹《みき》はよじれ、枝《えだ》はからみ合《あ》い、今《いま》にも動《うご》きだしそうに見《み》える。

「怖《こわ》くない、怖《こわ》くない。うん。怖《こわ》くなんかないぞ。楽《たの》しいな~……」

健太《けんた》が震《ふる》える声《こえ》でそうつぶやいた瞬間《しゅんかん》——。

チカッ……チカチカッ。

持《も》っていた懐中電灯《かいちゅうでんとう》の明《あ》かりが、いきなり消《き》えてしまったのだ。

「わあっ！　き、消《き》えちゃった！」

続《つづ》いて、マジメスギの懐中電灯《かいちゅうでんとう》の明《あ》かりもフッと消《き》えた。

「……どうやら、ふたりとも電池《でんち》が古《ふる》かったようですね」

もはや前《まえ》も後《うし》ろも、右《みぎ》も左《ひだり》もわからない。ふたりは完全《かんぜん》な闇《やみ》に包《つつ》まれた。

「どうしよう、杉田《すぎた》くん。戻《もど》ろうか？」

来《き》た道《みち》を戻《もど》ろうとしたそのとき——。

ズルリ！

健太《けんた》は足《あし》を滑《すべ》らせ、とっさにマジメスギの腕《うで》をつかんだ。

「わあっ！」

「な、なんですか、うひゃあ！」

ゴロンゴロンゴロンゴロン！

転《ころ》んだ先《さき》は、急《きゅう》な斜面《しゃめん》になっていた。ふたりは、まるで巨大《きょだい》なアリジゴクの巣《す》に吸《す》い込《こ》まれるように転《ころ》げ落《お》ちていく。

ドスン！

「いたたた……」

「だ、だいじょうぶ？　杉田《すぎた》くん」

体《からだ》を起《お》こしたふたりがあたりを見回《みまわ》すと、そこは学校《がっこう》の教室《きょうしつ》くらいの広《ひろ》さのくぼみで、まわりはグルリと高《たか》い斜面《しゃめん》に囲《かこ》まれている。

「ここはどこなんだろう？　大《おお》きな穴《あな》の底《そこ》みたいだけど……」

健太《けんた》がつぶやくと、マジメスギがふいに声《こえ》をあげた。

「あ、あれを見《み》てください！」

震《ふる》える指先《ゆびさき》でマジメスギが指《ゆび》さしたほうを見《み》ると、数《すう》メートル先《さき》で何《なに》かがボーッと光《ひか》っている。

健太《けんた》は、思《おも》わず目《め》を見開《みひら》いた。

ドクン！　ドクン！　心臓《しんぞう》の鼓動《こどう》が全身《ぜんしん》に響《ひび》きわたる。

アリジゴク

アリジゴクは、ウスバカゲロウの幼虫《ようちゅう》。土《つち》にすりばち状《じょう》の巣穴《すあな》をつくって底《そこ》にひそみ、落《お》ちてきたアリなどの体《たい》液《えき》を吸《す》う。幼虫《ようちゅう》のときは、おしりの穴《あな》がふさがっており、成虫《せいちゅう》になるまで一度《いちど》もフンをしない。

「も、も、もしかしてあれって……」

大《おお》きなくぼみの底《そこ》で、淡《あわ》い光《ひかり》を放《はな》っていたモノ。それは――。


巨大《きょだい》な木《き》の化《ば》け物《もの》だった。


高《たか》さ20メートルはあるだろうか。醜《みにく》くひしゃげ、よじれた太《ふと》い幹《みき》。

手足《てあし》のようにのびた奇怪《きかい》な枝《えだ》。

その巨大《きょだい》な木全体《きぜんたい》が緑色《みどりいろ》の光《ひかり》に包《つつ》まれ、ボーッと光《ひか》っていたのだ。

さらになんと、その太《ふと》い幹《みき》の真《ま》ん中《なか》には顔《かお》があった。

緑色《みどりいろ》に光《ひか》る目玉《めだま》でふたりをにらみ、今《いま》にも丸《まる》のみしようと、大《おお》きな口《くち》を開《あ》けていたのである。


「わ、わわわ、で、出《で》たーっ！」

健《けん》太《た》とマジメスギが叫《さけ》び声《ごえ》をあげた瞬間《しゅんかん》、

巨大《きょだい》な木の化《ば》け物《もの》は大《おお》きく体《からだ》を震《ふる》わせると、ふたりに向《む》かって腕《うで》をのばした。

「わーっ！　逃《に》げろーっ！」

ふたりはあわてて、今《いま》、転《ころ》げ落《お》ちてきた背後《はいご》の斜面《しゃめん》を駆《か》け上《あ》がった。

しかし、コケの生《は》えた斜面《しゃめん》はツルツル滑《すべ》り、なかなか登《のぼ》れない。

「どうしよう、逃《に》げられないよ！」

くぼみのまわりはグルリと斜面《しゃめん》に囲《かこ》まれている。

しかし、このままくぼみの中《なか》にいては化《ば》け物《もの》に捕《つか》まってしまう。

「あっちの斜面《しゃめん》を登《のぼ》りましょう！」

マジメスギはそう叫《さけ》ぶと、化《ば》け物《もの》の右側《みぎがわ》の斜面《しゃめん》を目指《めざ》して走《はし》り始《はじ》めた。

健太《けんた》も必死《ひっし》にそのあとを追《お》う。

その瞬間《しゅんかん》——化《ば》け物《もの》の光《ひか》る目玉《めだま》がギロリと動《うご》き、健太《けんた》たちをにらんだのである。

「わ〜っ、こ、こっちを見《み》た！　見《み》つかったよ！」

「じゃ、じゃあ、反対側《はんたいがわ》です！」

ふたりは化《ば》け物《もの》の顔《かお》の前《まえ》を駆《か》け抜《ぬ》け、左側《ひだりがわ》の斜面《しゃめん》へと向《む》かった。

すると化《ば》け物《もの》は再《ふたた》びギロリと目玉《めだま》を動《うご》かし、ふたりをにらみつけてきた。

「わ~っ、ダメだ！　また見《み》つかった！」

なんと、木《き》の化《ば》け物《もの》は、ふたりがどこへ逃《に》げても、光《ひか》る目玉《めだま》でギロリギロリと、にらみつけてくるのだ。

「やっぱり最初《さいしょ》の斜面《しゃめん》を登《のぼ》りましょう！」

健太《けんた》とマジメスギは、化《ば》け物《もの》に背中《せなか》を向《む》け、うしろの斜面《しゃめん》を駆《か》け上《あ》がった。

コケで滑《すべ》ったが必死《ひっし》に足《あし》を動《うご》かし、なんとかくぼみから抜《ぬ》け出《で》ることができた。

「やった~～！」

「喜《よろこ》んでる場合《ばあい》じゃありません。早《はや》く逃《に》げるんです！」

ふたりは無我夢中《むがむちゅう》で暗《くら》い森《もり》の中《なか》を走《はし》った。

そのとき、突然《とつぜん》ふたりの前《まえ》に人影《ひとかげ》が現《あらわ》れた。

「わ~っ！」

驚《おどろ》いてしりもちをついた健太《けんた》とマジメスギの顔《かお》を、懐中電灯《かいちゅうでんとう》の光《ひかり》が照《て》らした。

「健太《けんた》くんに杉田《すぎた》くんじゃないか」

それは真実《しんじつ》の声《こえ》だった。

「な、謎野《なぞの》くん！　キミは今《いま》までどこで何《なに》をしてたんですか⁉」

マジメスギは立《た》ち上《あ》がると、真実《しんじつ》に食《く》ってかかった。

「裏山《うらやま》について調《しら》べていたんだ。旅館《りょかん》の古《ふる》い記録《きろく》を見《み》せてもらってね」

「それどころじゃないんだ！　ホントに、木《き》の化《ば》け物《もの》が出《で》たんだよ！　こーんなに大《おお》きくて……」

健太《けんた》が両手《りょうて》を広《ひろ》げて化《ば》け物《もの》の説明《せつめい》をしようとすると、

「そして緑色《みどりいろ》に光《ひか》っていた……違《ちが》うかい？」

「ええっ!!　どうしてわかるの？」

「ナゾは解《と》けたよ。化《ば》け物《もの》の正体《しょうたい》を解《と》く鍵《かぎ》を見《み》つけたんだ」

「正体《しょうたい》を解《と》く鍵《かぎ》？　それはいったい何《なん》なんです？」

マジメスギは納得《なっとく》のいかないようすでたずねる。

「ひとつ目《め》の鍵《かぎ》は、これだよ」

そう言《い》うと、真実《しんじつ》は懐中電灯《かいちゅうでんとう》でまわりの木々《きぎ》を照《て》らした。

光《ひかり》の先《さき》に幹《みき》の色《いろ》が白《しろ》い木《き》が浮《う》かび上《あ》がった。

「あれはブナの木《き》だ。昔《むかし》の記録《きろく》にあったんだ。裏山《うらやま》には、たくさんのブナの木《き》が植《う》えてあるって」

「ブナの木《き》？　それと化《ば》け物《もの》といったい何《なん》の関係《かんけい》があるのですか？」

マジメスギも健太《けんた》も、どこが正体《しょうたい》を解《と》く鍵《かぎ》なのか、さっぱりわからない。

「ふたつ目《め》の鍵《かぎ》は、森《もり》の入《い》り口《ぐち》あたりにあった看板《かんばん》だ」

「もしかして、ドクロの絵《え》と『毒《どく》キノコに注意《ちゅうい》！』って書《か》いてあったやつ⁉」

健太《けんた》の言葉《ことば》に真実《しんじつ》はうなずいた。

「ブナの木《き》と毒《どく》キノコ――このふたつの言葉《ことば》を見《み》てピンときたんだ。ブナの木《き》に生《は》える毒《どく》キノコの中《なか》には、とてもおもしろい性質《せいしつ》を持《も》つものがあるんだ。それがこれだよ」

そう言《い》うと真実《しんじつ》は、自分《じぶん》の手《て》のひらを懐中電灯《かいちゅうでんとう》で照《て》らした。

そこには、直径《ちょっけい》10センチほどの茶色《ちゃいろ》いキノコがのせられていた。

「これが毒《どく》キノコ？　なんだかシイタケみたいだね」

「これは『ツキヨタケ』というんだ。どんな性質《せいしつ》を持《も》っているか、今《いま》から見《み》せよう」

そう言《い》うと、真実《しんじつ》は懐中電灯《かいちゅうでんとう》の明《あ》かりを消《け》した。
すると――。

「ああっ!!」


健太《けんた》とマジメスギは驚《おどろ》いて声《こえ》をあげた。

暗闇《くらやみ》の中《なか》、「ツキヨタケ」は淡《あわ》い緑色《みどりいろ》の光《ひかり》を放《はな》ち、輝《かがや》いていたのである。

「キ、キノコが光《ひか》ってる!?」

「これがぼくの出《だ》した答《こた》えさ。目《め》が光《ひか》る木《き》の化《ば》け物《もの》の正体《しょうたい》は、この『ツキヨタケ』だったんだ」

しかし……、

「まったく聞《き》いてあきれますね」

マジメスギは大《おお》きく首《くび》を振《ふ》ると鼻《はな》で笑《わら》った。

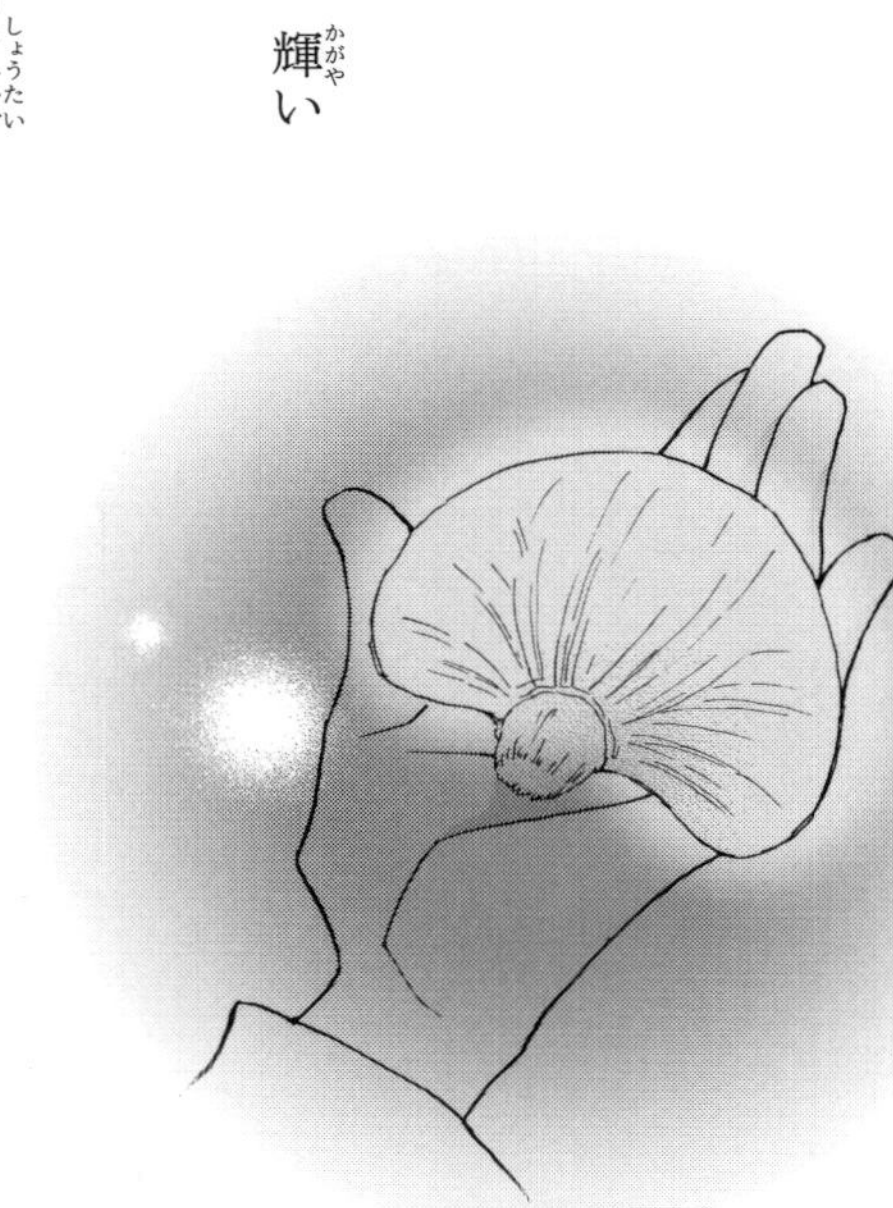

「いいですか、あの木《き》の化《ば》け物《もの》は、光《ひか》る目玉《めだま》がギョロギョロ動《うご》いて、ワタシたちをにらみつけてきたんですよ。それはどう説明《せつめい》するんですか？　まさか、キノコが目《め》の中《なか》で動《うご》き回《まわ》っていたとでも言《い》うつもりですか？」

その言葉《ことば》を聞《き》いた真実《しんじつ》が、事《こと》もなげに言《い》う。

「キミたちは今日《きょう》の昼間《ひるま》、そのナゾを解《と》く鍵《かぎ》を目《め》の前《まえ》で見《み》たはずだよ」

「今日《きょう》の昼間《ひるま》？」

思《おも》わず顔《かお》を見合《みあ》わせる健太《けんた》とマジメスギ。

真実《しんじつ》はサラリと髪《かみ》をかきあげながら言葉《ことば》を続《つづ》けた。

「化《ば》け物《もの》を見《み》た場所《ばしょ》に、ぼくを案内《あんない》してくれないか？　光《ひか》る目玉《めだま》がどうしてギョロギョロと動《うご》くのか、そのナゾを解《と》いてみせよう」

目玉《めだま》が動《うご》いたように見《み》えたのは目《め》の錯覚《さっかく》だよ

解《かい》決《けつ》編《へん》

「もう少《すこ》しだ。この斜面《しゃめん》を下《お》りたところだよ」

手《て》を貸《か》し合《あ》い、3人《にん》は慎重《しんちょう》にくぼみの底《そこ》に降《お》り立《た》った。

「あ、あれが化《ば》け物《もの》だよ！　ほら、動《うご》いてる！」

健太《けんた》が指《ゆび》さした先《さき》に、緑色《みどりいろ》に光《ひか》る巨大《きょだい》な木《き》の化《ば》け物《もの》の姿《すがた》があった。


ザザザーーグオオーーー！


幹《みき》と枝《えだ》を激《はげ》しくゆらし、目玉《めだま》をボーッと光《ひか》らせている。

「やっぱり。思《おも》ったとおりだ」

そう言《い》うと、真実《しんじつ》はスタスタと化《ば》け物《もの》へ近《ちか》づいていった。

「だ、だいじょうぶ!?　捕《つか》まっちゃうよ！」

健太《けんた》も、おそるおそる真実《しんじつ》のあとに続《つづ》いた。

真実《しんじつ》は、化《ば》け物《もの》に懐中電灯《かいちゅうでんとう》の光《ひかり》を当《あ》てると、振《ふ》り返《かえ》った。

「これは化《ば》け物《もの》なんかじゃない。ブナの老木《ろうぼく》が風《かぜ》にゆれてるだけさ」

「ブナの老木《ろうぼく》……？」

ブナ
現在《げんざい》、天然《てんねん》のブナの林《はやし》は少《すく》なくなっている。ブナの自然林《しぜんりん》が広《ひろ》がる白神山地《しらかみさんち》（青森県《あおもりけん》・秋田県《あきたけん》）は、貴重《きちょう》な自然《しぜん》だとして世界遺産《せかいいさん》に登録《とうろく》されている。

マジメスギも、ソロソロと木《き》に近《ちか》づいた。

見《み》ると、白《しろ》い幹《みき》の表面《ひょうめん》は、淡《あわ》く緑色《みどりいろ》に光《ひか》るキノコにびっしりとおおわれていた。

「すごい……これぜんぶ『ツキヨタケ』？」

真実《しんじつ》はうなずいた。

「『ツキヨタケ』は、こうした年老《としお》いた古《ふる》いブナの木《き》に生《は》えるんだ。成長《せいちょう》して、キノコのカサが開《ひら》くと光《ひか》りはじめる。どうして光《ひか》るのかは、まだ解明《かいめい》されてないけどね」

「だから木《き》が緑色《みどりいろ》に光《ひか》って見《み》えたんだね！」

懐中電灯《かいちゅうでんとう》で照《て》らしてみると、大《おお》きな口《くち》に見《み》えたのは、幹《みき》にポッカリと開《あ》いた大《おお》きな穴《あな》だった。

「そしてこっちが、ギョロギョロ動《うご》く目玉《めだま》の正体《しょうたい》さ」

真実《しんじつ》が指《ゆび》さした先《さき》には、やはりふたつの穴《あな》が開《あ》いていた。

穴《あな》の奥《おく》にはツキヨタケが生《は》え、緑色《みどりいろ》に光《ひか》っている。

「納得《なっとく》いきませんね。どうしてこれがギョロギョロ動《うご》いて見《み》えたんですか？」

ハジメは不満《ふまん》そうに首《くび》をひねっている。

「ナゾを解《と》く鍵《かぎ》は、今日《きょう》の昼間《ひるま》、お皿《さら》にひとつだけ残《のこ》ったまんじゅうさ」

「まんじゅう？」

健太《けんた》とマジメスギは、キョトンとして真実《しんじつ》を見《み》る。

「あのとき、まんじゅうは、どこから見《み》ても自分《じぶん》のそばにあるように見《み》えただろ？　あれと同《おな》じさ」

そう言《い》うと真実《しんじつ》は、木《き》の幹《みき》にあいたふたつの穴《あな》に近《ちか》づいた。

「いいかい？　お皿《さら》がこの穴《あな》、そしてまんじゅうが穴《あな》の奥《おく》で光《ひか》るツキヨタケだ。穴《あな》の奥《おく》にあるツキヨタケはどこから見《み》ても自分《じぶん》の近《ちか》くにあるように見《み》える。だから、目玉《めだま》が動《うご》いているような錯覚《さっかく》を起《お》こすんだ」

「錯覚《さっかく》だって？」

健太《けんた》とマジメスギは、ふたつの穴《あな》を右側《みぎがわ》からのぞき込《こ》んだ。

ツキヨタケは穴《あな》の右側《みぎがわ》に見《み》える。

そのままふたりが穴《あな》の左側《ひだりがわ》へと移動《いどう》すると、ツキヨタケも、ふたりを追《お》いかけるように、穴《あな》の左側《ひだりがわ》に移動《いどう》したように見《み》えた。

「ホントだ！　ぼくたちが動《うご》くと、穴《あな》の奥《おく》にあるツキヨタケも動《うご》いたように見《み》えるよ！」

健太《けんた》とマジメスギは驚《おどろ》いて顔《かお》を見合《みあ》わせた。

こっちを
見《み》てる！
こっちを
見《み》てる！
左《ひだり》から
見《み》ても……
右《みぎ》から
見《み》ても……

「そう。それが、化《ば》け物《もの》の目《め》が動《うご》くナゾの答《こた》えさ」

「な〜んだ。そんなことだったのか〜！」

健太《けんた》はホッと胸《むね》をなでおろした。

そのとき――。

「あ、あれを見《み》てください！」

突然《とつぜん》、マジメスギが斜面《しゃめん》の上《うえ》を指《ゆび》さした。

見《み》ると、斜面《しゃめん》の上《うえ》に、淡《あわ》い緑色《みどりいろ》の光《ひかり》がフワフワと漂《ただよ》っている。

健太《けんた》は息《いき》をのんだ。


「も、もしかして人魂《ひとだま》!?」


やがて緑色《みどりいろ》の光《ひかり》は、森《もり》の奥《おく》へと移動《いどう》して見《み》えなくなった。

「あ、あれも、何《なに》かの目《め》の錯覚《さっかく》かな？」

目《め》をゴシゴシこすりながらつぶやく健太《けんた》に、真実《しんじつ》は首《くび》を振《ふ》った。

「いいや、錯覚《さっかく》じゃない。あの光《ひかり》は本物《ほんもの》のようだ。あとを追《お》ってみよう」

人魂《ひとだま》
墓場《はかば》などで目撃《もくげき》される、青白《あおじろ》く光《ひか》るもの。人間《にんげん》の魂《たましい》だとされている。かつては土葬《どそう》だったため、遺体《いたい》に含《ふく》まれるリンという成分《せいぶん》が自然発火《ぜんはっか》したのだという説《せつ》もある。

「あの人魂《ひとだま》、いったいどこへ行《い》くんだろう？」

健太《けんた》たち3人《にん》は、フワフワと移動《いどう》する光《ひかり》のあとを追《お》って木々《きぎ》のあいだを進《すす》んだ。

やがて、木々《きぎ》の向《む》こうに古《ふる》い門《もん》が見《み》えてきた。どうやら裏山《うらやま》の出入《でい》り口《ぐち》のようだ。

よく見《み》ると、門《もん》の近《ちか》くに人影《ひとかげ》が見《み》える。

マジメスギが目《め》を細《ほそ》めてつぶやいた。

「ん？　あの人影《ひとかげ》、河合先生《かわいせんせい》じゃありませんか？」

よく見《み》ると、ゆるふわカールのロングヘアが夜風《よかぜ》にゆれている。

それは、「花森小《はなもりしょう》のマドンナ」の河合先生《かわいせんせい》の姿《すがた》だった。

「もしかして、あの人魂《ひとだま》は、河合先生《かわいせんせい》を目指《めざ》して進《すす》んでるってこと？」

健太《けんた》がそう言《い》った瞬間《しゅんかん》、聞《き》き覚《おぼ》えのある声《こえ》があたりに響《ひび》いた。

「いやあ、河合先生《かわいせんせい》、お待《ま》たせしちゃってすみません！」

木々《きぎ》のあいだから飛《と》び出《だ》した人物《じんぶつ》——それは担任《たんにん》の大前先生《おおまえせんせい》だった。手《て》には、緑色《みどりいろ》に光《ひか》るツキヨタケがぎっしり入《はい》った透明《とうめい》のケースを持《も》っている。

「どうですか？

これが光《ひか》るキノコ、ツキヨタケですよ。

きれいでしょう⁉

いや〜、見《み》つけるのに苦労《くろう》しちゃって……」


そう。健太《けんた》が人魂《ひとだま》だと思《おも》った緑色《みどりいろ》の光《ひかり》は、大前先生《おおまえせんせい》がケースに入《い》れて運《はこ》んでいた、ツキヨタケの光《ひかり》だったのである。

河合先生《かわいせんせい》は、ケースを前《まえ》にぼう然《ぜん》と立《た》っていた。


「……わたくしに見《み》せたいものって、これですの……？」


「はい。昼間《ひるま》、おっしゃっていたでしょう？　光《ひか》るキノコを見《み》たいって」

「そ、そうですわよね。指輪《ゆびわ》……のはずないですわよね。オホ……オホホ……」

「やっぱり！　キノコって見《み》ているだけで自然《しぜん》と笑顔《えがお》になりますよね！　ハハハ！」

「……あれが人魂《ひとだま》の正体《しょうたい》ですか？」

思《おも》わず溜《た》め息《いき》をつくマジメスギに真実《しんじつ》が声《こえ》をかけた。

「とにかく、木《き》の化《ば》け物《もの》のナゾは解《と》けたよ。早《はや》く戻《もど》ってクラスのみんなに報告《ほうこく》したらどうだい？」

「えっ、ワタシが報告《ほうこく》してもいいんですか？」

「好《す》きにしたらいい」

「そ、そうですよね。みんなで解《と》いたナゾですからね。ではしかたがない。学級委員長《がっきゅういいんちょう》のこのワタシが、３人《にん》を代表《だいひょう》して報告《ほうこく》させていただきます！」

健太《けんた》はドヤ顔《がお》を決《き》めたマジメスギに、おそるおそる聞《き》いてみた。

「これで明日《あす》は外出《がいしゅつ》していいよね、杉田《すぎた》くん？」

「ん〜しかたありませんね。今回《こんかい》は特別《とくべつ》ですよ！」

「よかった〜！　真実《しんじつ》くん、明日《あす》も一緒《いっしょ》に見学《けんがく》しようね！」

健太《けんた》がとびきりの笑顔《えがお》で真実《しんじつ》を見《み》ると、真実《しんじつ》はコクリとうなずいた。

4

SCIENCE TRICK DATA FILE

科学《かがく》トリック データファイル

Q.キノコって
植物《しょくぶつ》だと思《おも》ってた!

奇妙《きみょう》なキノコの世界《せかい》

キノコは、動物《どうぶつ》でも植物《しょくぶつ》でもない、「菌類《きんるい》」です。実《じつ》はキノコの本体《ほんたい》は、地面《じめん》や枯《か》れた木《き》の中《なか》にのび広《ひろ》がる、根《ね》のような「菌糸体《きんしたい》」です。

ふだんわたしたちが食《た》べているのは、「子実体《しじつたい》」と呼《よ》ばれる部分《ぶぶん》で、植物《しょくぶつ》でいえば花《はな》にあたります。仲間《なかま》を増《ふ》やす時期《じき》にだけ、菌糸《きんし》が集《あつ》まってつくられます。

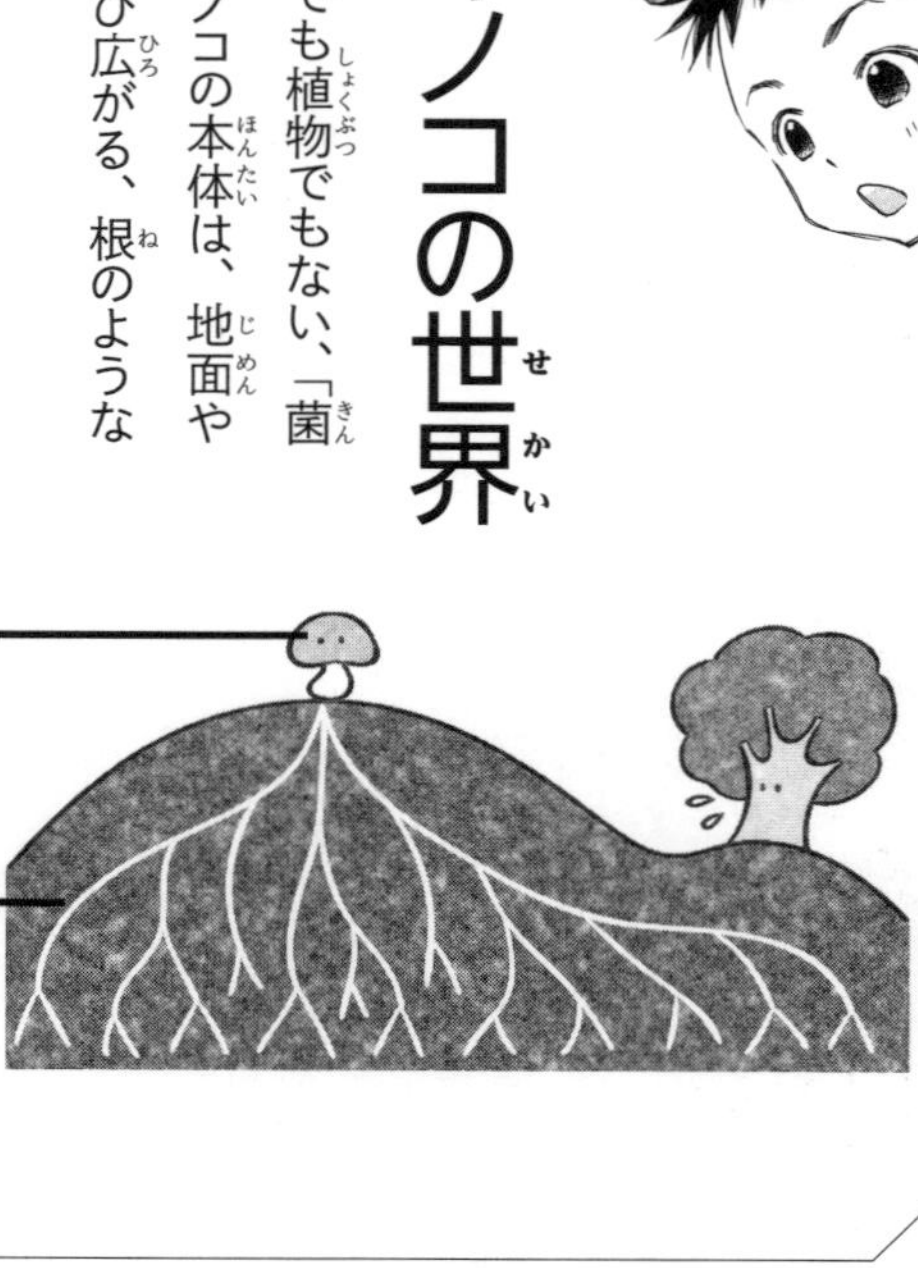
【子実体《しじつたい》】
わたしたちが食《た》べている部分《ぶぶん》
【菌糸体《きんしたい》】
キノコの本体《ほんたい》。地面《じめん》の中《なか》などに隠《かく》れている

A.カビや、お酒《さけ》を
つくる酵母《こうぼ》と同《おな》じ
「菌類《きんるい》」なんだよ
びっくりキノコ
いろいろ
【ワライタケ】
食《た》べた人《ひと》は笑《わら》いが
止《と》まらなくなる
という毒《どく》キノコ
【冬虫夏草《とうちゅうかそう》】
虫《むし》に寄生《きせい》し、
虫《むし》の体《からだ》を
栄養《えいよう》にして
生《は》えるキノコ
【トリュフ】
キャビア・フォアグラと
ともに世界三大珍味《せかいさんだいちんみ》に
数《かぞ》えられる、
香《かお》りのいいキノコ

池《いけ》に浮《う》かぶ文字《もじ》

呪《のろ》いの修学旅行《しゅうがくりょこう》5

事《じ》件《けん》編《へん》

修学旅行《しゅうがくりょこう》3日目《みっかめ》。

観光《かんこう》バスを降《お》りると、そこには千年杉《せんねんすぎ》の巨木《きょぼく》が立《た》ち並《なら》ぶ幻想的《げんそうてき》な景色《けしき》が広《ひろ》がっていた。

ここ、貴船神社《きふねじんじゃ》は、京都鴨川《きょうとかもがわ》の水源地《すいげんち》にあり、平安時代《へいあんじだい》から信仰《しんこう》を集《あつ》めている由緒正《ゆいしょただ》しき神社《じんじゃ》。縁結《えんむす》びの神様《かみさま》としても知《し》られている。

境内《けいだい》は、班《はん》ごとに分《わ》かれて見学《けんがく》することになった。

「ねえ、知《し》ってる？　貴船神社《きふねじんじゃ》はね、丑《うし》の刻参《こくまい》りの発祥《はっしょう》の地《ち》っていわれてるのよ」

美希《みき》が健太《けんた》にささやく。

「丑《うし》の刻参《こくまい》りって……あの、呪《のろ》いのワラ人形《にんぎょう》の？」

「そう、それ！　その昔《むかし》、宇治《うじ》の橋姫《はしひめ》って人《ひと》が、恋敵《こいがたき》を呪《のろ》い殺《ころ》すために、貴船神社《きふねじんじゃ》で7日間《なのかかん》の丑《うし》の刻参《こくまい》りをしたのがはじまりなんだって。今《いま》でも時《とき》折《おり》、ワラ人形《にんぎょう》にクギを打《う》つ、カーン、カーンという音《おと》が聞《き》こえてくることがあるそうよ」

丑《うし》の刻参《こくまい》り
ワラ人形《にんぎょう》をクギで木《き》に打《う》ちつけて呪《のろ》いをかける呪術《じゅじゅつ》。白《しろ》い着物《きもの》で胸《むね》に魔《ま》よけの鏡《かがみ》を下《さ》げ、頭《あたま》には3本《ぼん》のろうそくを立《た》てた五徳《ごとく》（足《あし》のついた鉄《てつ》の輪《わ》）をかぶるのがスタンダードな姿《すがた》。ちなみに丑《うし》の刻《こく》とは、午前《ごぜん》2時《じ》ごろ。

宇治《うじ》の橋姫《はしひめ》
しっとのあまり、生《い》きながらにして鬼《おに》となり、夫《おっと》と恋敵《こいがたき》を食《く》い殺《ころ》したという伝説《でんせつ》がある。

「い、今《いま》でも!?」

健太《けんた》は、ゾッとした。

「丑《うし》の刻参《こくまい》りを見《み》られた人《ひと》は、見《み》た人《ひと》を抹殺《まっさつ》しなきゃいけない決《き》まりがあるらしいの。何《なに》か恐《おそ》ろしいことが起《お》きなきゃいいけど……」

美希《みき》はトドメを刺《さ》すかのように、怖《こわ》い声《こえ》でそう言《い》うと、おびえている健太《けんた》を残《のこ》し、自分《じぶん》のクラスに戻《もど》っていった。


（どうしよう？　丑《うし》の刻参《こくまい》りの人《ひと》に出会《であ》っちゃったら……）

それでなくても、健太《けんた》はお母《かあ》さんから「間《ま》の悪《わる》い子《こ》ね」と、よく言《い》われる。見学中《けんがくちゅう》、健太《けんた》はなるべくまわりを見《み》ないようにしながら、うつむきかげんで歩《ある》いていた。

「あれ!?」

しばらくして、ふと顔《かお》をあげると、誰《だれ》もいなくなっている。


「ウソ、みんなどこ!?」

健太《けんた》はどうやら、みんなとはぐれてしまったようだった。あわててあたりを見渡《みわた》すと、木立《こだち》の陰《かげ》にボーッとたたずむ人影《ひとかげ》が見《み》える。人影《ひとかげ》は何《なに》かをギュッと握《にぎ》りしめ、髪《かみ》を振《ふ》り乱《みだ》して、全身《ぜんしん》からどんよりした暗《くら》いオーラを漂《ただよ》わせていた。

（まさか、丑《うし》の刻参《こくまい》りの人《ひと》!?）

健太《けんた》は、凍《こお》りつく。逃《に》げようと思《おも》ったが、足《あし》がすくんで動《うご》くことができない。

すると、人影《ひとかげ》がこちらを振《ふ》り返《かえ》った。健太《けんた》は、心臓《しんぞう》が止《と》まりそうになる。

しかし、よく見《み》るとそれは河合先生《かわいせんせい》だった。

（……なんだ）

健太《けんた》はホッとして、「どうしたんですか？」と、河合先生《かわいせんせい》に声《こえ》をかけた。

「えっ？　……い、いえ、なんでもありませんわ」

河合先生《かわいせんせい》は握《にぎ》りしめていた「何《なに》か」をあわててコートのポケットにしまい、その場《ば》を離《はな》れていく。そのとき、「何《なに》か」がハラリと、先生《せんせい》のポケットから落《お》ちた。

「先生《せんせい》、落《お》とし物《もの》！」

健太《けんた》は声《こえ》をかけたが、河合先生《かわいせんせい》は気《き》づかずに行《い》ってしまう。

「……なんだろう、これ？」

健太《けんた》は、河合先生《かわいせんせい》が落《お》としていったものを拾《ひろ》いあげた。どうやらそれは、おみくじのようだ。しかし、不思議《ふしぎ》なことに、占《うらな》いの内容《ないよう》は何《なに》も書《か》かれていない。「方向《ほうこう》」「病気《びょうき》」「旅行《りょこう》」「恋愛《れんあい》」「願望《がんぼう》」などの項目《こうもく》の下《した》は、すべて空欄《くうらん》となっていた。

「変《へん》だな、このおみくじ。どうして何《なに》も書《か》いてないんだろう？」

「それは、水占《みずうらな》いおみくじだからだよ」

「え？」

振《ふ》り向《む》くと、健太《けんた》のすぐうしろに、いつのまにか真実《しんじつ》が立《た》っていた。

真実《しんじつ》は手《て》をのばし、健太《けんた》が持《も》っていたおみくじを手《て》に取《と》る。

「内容《ないよう》は、ちゃんとここに書《か》いてあるさ」

「ウソ、ぼくには何《なに》も見《み》えないよ？」

「このままじゃね。でも、すぐに見《み》えるようになる」

真実《しんじつ》はそれだけ言《い》うと、おみくじを手《て》に、歩《ある》きだした。

真実《しんじつ》たちがやってきたのは、神社《じんじゃ》の社務所《しゃむしょ》近《ちか》くにある「御神水《ごしんすい》」と呼《よ》ばれる池《いけ》の前《まえ》だった。手《て》にしたおみくじをその池《いけ》に浮《う》かべる真《しん》

実《じつ》。――と、しばらくして、おみくじにはジワジワと文字《もじ》が浮《う》き出《で》てきた。

最初《さいしょ》、薄《うす》くてよくわからなかった文字《もじ》は、やがて、はっきりと意味《いみ》をなす文《ぶん》になる。おみくじの真《ま》ん中《なか》には「中吉《ちゅうきち》」の文字《もじ》が、空欄《くうらん》だったそれぞれの項目《こうもく》には占《うらな》いの内容《ないよう》が現《あらわ》れたのだ。

「これって、もしかして……魔法《まほう》のおみくじ!?」と、目《め》を丸《まる》くする健太《けんた》。

真実《しんじつ》は苦笑《くしょう》しながら、「そんなわけないだろ」と答《こた》える。

「このおみくじは、特殊《とくしゅ》な透明《とうめい》インクで印刷《いんさつ》されているんだ。たとえば、水《みず》と結《むす》びつきやすい性質《せいしつ》を持《も》ったインクとかね。紙《かみ》を水《みず》に浸《ひた》すと、インクで書《か》かれた部分《ぶぶん》だけ、早《はや》く水《みず》がしみ込《こ》んで紙《かみ》の色《いろ》が変《か》わり、文字《もじ》が浮《う》かびあがってくるしくみさ」

「ええと、それってつまり……」

「簡単《かんたん》に言《い》うと、水《みず》のあぶりだし」

「あ、そういうことか」

ミカン汁《じる》などで書《か》かれた文字《もじ》が、火《ひ》であぶると出《で》てくる「あぶりだし」のことは、理科《りか》の実験《じっけん》で習《なら》ったので、健太《けんた》も覚《おぼ》えていたのだった。

「それにしても、このおみくじ、内容《ないよう》がずいぶんとかたよっているなぁ……」

河合先生《かわいせんせい》が引《ひ》いたおみくじは、ほかの運勢《うんせい》はとてもいいのに、恋愛運《れんあいうん》のところだけ「思《おも》ひ直《なお》すべし」というミもフタもない一言《ひとこと》が書《か》かれていた。

「そっか。それで河合先生《かわいせんせい》は、あんなに落《お》ち込《こ》んでいたんだね」

と、納得《なっとく》する健太《けんた》。

結局《けっきょく》、美希《みき》が言《い》っていた「恐《おそ》ろしいこと」は何《なに》も起《お》きず、その日《ひ》の見学《けんがく》は無事《ぶじ》に終《お》わったのだった。

見学《けんがく》を終《お》えた修学旅行生《しゅうがくりょこうせい》たちは、クラスごとにバスに乗《の》り、その日《ひ》泊《と》まる旅館《りょかん》へ向《む》かった。

美希《みき》のクラス、6年《ねん》1組《くみ》のバスの車内《しゃない》では、うわさ好《ず》きの女子《じょし》3人組《にんぐみ》——山田《やまだ》あや、鈴木《すずき》カオル、田中《たなか》ゆっこが、うわさ話《ばなし》に花《はな》を咲《さ》かせている。ゆっこのとなりに座《すわ》った美希《みき》は、3人《にん》の話《はなし》に耳《みみ》をかたむけていた。

「ねえねえ、知《し》ってる？　今日《きょう》泊《と》まる京都《きょうと》の『小池荘《こいけそう》』っていう旅館《りょかん》にはね、『恋池《こいいけ》』っていう池《いけ》があって、夜中《よなか》の12時《じ》にその池《いけ》に赤《あか》い色紙《いろがみ》を裏返《うらがえ》しにして落《お》とすと、自分《じぶん》を想《おも》っている人《ひと》の名前《なまえ》が浮《う》かんでくるんだって」

あやが言《い》うと、「そのうわさ、わたしも知《し》ってる！」と、ゆっこ。去年《きょねん》、修学旅行《しゅうがくりょこう》へ行《い》ったお姉《ねえ》さんから聞《き》いたという。

「色紙《いろがみ》に好《す》きな人《ひと》の名前《なまえ》が浮《う》かんできたら、いいなぁ……」

うっとりした顔《かお》でつぶやく女子《じょし》3人組《にんぐみ》を見《み》て、美希《みき》は驚《おどろ》いた顔《かお》で言《い》った。

「ウソ！　みんな、好《す》きな人《ひと》とかって、いるの？」

すると、３人《にん》はいっせいに美希《みき》に質問《しつもん》を投《な》げかけはじめる。

「そういう美希《みき》はどうなのよ？」

「誰《だれ》か好《す》きな人《ひと》いるの？」

「もしかして……宮下《みやした》くん？」

「まさか。そんなわけないでしょ。ただの幼《おさな》なじみよ」

美希《みき》がそう言《い》うと、3人《にん》は、「それは、そうよね」と納得《なっとく》する。

「じゃあ、やっぱり謎野《なぞの》くん？　よく一緒《いっしょ》にいるところを見《み》かけるけど」

カオルの質問《しつもん》に、美希《みき》は「違《ちが》う、違《ちが》う」と否定《ひてい》した。

「わたしは新聞部《しんぶんぶ》として、さまざまなナゾを解《と》き明《あ》かす謎野《なぞの》くんに興味《きょうみ》があるだけ。謎野《なぞの》くんと一緒《いっしょ》にいると、スクープもねらえるしね」

「ふーん……」

「じゃあさ、謎野《なぞの》くんって、誰《だれ》が好《す》きなんだろう？」

「……え？」

あや、カオル、ゆっこに食《く》い入《い》るようなまなざしを向《む》けられ、とまどう美希《みき》。

「そ、それは……」

真《ま》っ先《さき》に美希《みき》の頭《あたま》に浮《う》かんだのは、健太《けんた》の顔《かお》だった。

（そういえば、謎野《なぞの》くんが自分《じぶん》から話《はな》しかける相手《あいて》って、健太《けんた》くんだけよね……。ひょっとして……）

「謎野《なぞの》くんが好《す》きなのは、健《けん》……」

思《おも》わず言《い》いかけ、美希《みき》はあわてて言《い》い直《なお》す。

「べつにいないんじゃない？ 謎野《なぞの》くん、恋愛《れんあい》とか興味《きょうみ》なさそうだし」

女子《じょし》3人組《にんぐみ》は顔《かお》を見合《みあ》わせ、「そうよね」とうなずいた。

美希《みき》はこのとき心《こころ》の中《なか》で、真実《しんじつ》と健太《けんた》の関係《かんけい》が本当《ほんとう》のところどうなのか、ぜひとも確《たし》かめてみなくては……と、考《かんが》えていた。


夕方《ゆうがた》、生徒《せいと》たちは、うわさの「恋池《こいいけ》」がある旅館《りょかん》「小池荘《こいけそう》」に到着《とうちゃく》した。

「ちょっと待《ま》って！ とっておきの話《はなし》があるの」

夕食後《ゆうしょくご》、部屋《へや》に戻《もど》ろうとした真実《しんじつ》と健太《けんた》を呼《よ》びとめ、美希《みき》は『恋池《こいいけ》』の話《はなし》を切《き》り出《だ》した。

「夜中《よなか》の12時《じ》にその池《いけ》に赤《あか》い色紙《いろがみ》を裏返《うらがえ》しにして浮《う》かべると、自分《じぶん》のことを想《おも》っている人《ひと》の名前《なまえ》が浮《う》かんでくるんだって。うわさが本当《ほんとう》かどうか、確《たし》かめてみない？」

「本当《ほんとう》に、この学校《がっこう》のみんなは非科学的《ひかがくてき》だね」

「おもしろそう！ ね、やってみようよ、真実《しんじつ》くん」

真実《しんじつ》はあまり乗《の》り気《き》ではなかったが、健太《けんた》にしつこく誘《さそ》われ、しぶしぶといったようすで同意《どうい》する。

「……あ、でも、夜中《よなか》に部屋《へや》を抜《ぬ》け出《だ》したりして、平気《へいき》かな？　ハマセンに見《み》つかったら、エライことになるよ」

健太《けんた》が心配《しんぱい》すると、「その点《てん》はだいじょうぶ」と、美希《みき》は即座《そくざ》に答《こた》えた。

「ウチのクラスのゆっこが、お姉《ねえ》さんから聞《き》いた話《はなし》によると、夜《よる》10時《じ》に最後《さいご》の見回《みまわ》りを終《お》えたあと、先生《せんせい》たちは宴会《えんかい》を開《ひら》くらしいの。宴会《えんかい》が始《はじ》まると、しばらく部屋《へや》から出《で》てこないから、見《み》つかる心配《しんぱい》は、まずないって」

「そっかぁ……。だったら、安心《あんしん》だね」

美希《みき》に太鼓判《たいこばん》を押《お》され、健太《けんた》はホッとしたようすでほほえんだ。

「じゃあ、決《き》まり！　12時《じ》10分前《ぶんまえ》に中庭《なかにわ》の『恋池《こいいけ》』の前《まえ》に集合《しゅうごう》ってことで、どう？　色紙《いろがみ》はわたしが用意《ようい》しておくから、必《かなら》ず来《き》てね」

美希《みき》はふたりにそれだけ告《つ》げると、その場《ば》を離《はな》れていった。

真実《しんじつ》たちと別《わか》れた美希《みき》は、色紙《いろがみ》を買《か》うため、旅館《りょかん》の中《なか》にある売店《ばいてん》へとやってきた。

そこには土産物《みやげもの》やお菓子《かし》、日用雑貨《にちようざっか》などのほかに、修学旅行生向《しゅうがくりょこうせいむ》けに文房具《ぶんぼうぐ》なども売《う》られている。

美希《みき》はまっすぐ文房具《ぶんぼうぐ》のコーナーに行《い》くと、色紙《いろがみ》を手《て》に取《と》り、レジへと向《む》かった。

色紙《いろがみ》を買《か》ったあと、店《みせ》を出《で》ようとした美希《みき》は、ふと足《あし》を止《と》める。

店内《てんない》に、あや、カオル、ゆっこの姿《すがた》があることに気《き》づいたのだ。

あやは舞妓《まいこ》さんの絵柄《えがら》の壷《つぼ》に入《はい》った砂糖《さとう》を、カオルはミカンを、ゆっこは花《はな》が入《はい》ったせっけんを、それぞれ手《て》にしている。

（あやったら、京都土産《きょうとみやげ》にお砂糖《さとう》？　カオルはどうして、ミカンを買《か》うのかしら？　ゆっこも、わざわざせっけんなんか買《か》わなくたって、お風呂《ふろ》には備《そな》えつけのボディーソープがあるのに……）

美希《みき》は不思議《ふしぎ》に思《おも》ったが、色紙《いろがみ》を買《か》ったことがしれると、なんとなくバツが悪《わる》かったので、３人《にん》には声《こえ》をかけずにその場《ば》をあとにした。

午後《ごご》11時《じ》。

消灯時間《しょうとうじかん》はとっくに過《す》ぎていたが、６年《ねん》２組《くみ》の男子部屋《だんしべや》では、生徒《せいと》たちが今日《きょう》も枕投《まくらな》げや怪談話《かいだんばなし》で盛《も》りあがっていた。先生《せんせい》たちは、10時《じ》の見回《みまわ》りを最後《さいご》に現《あらわ》れない。

そんななか、美希《みき》との約束《やくそく》が気《き》になって、健太《けんた》は気《き》もそぞろだった。

「ねえ、真実《しんじつ》くん」

健太《けんた》は、となりの布団《ふとん》にいる真実《しんじつ》に、そっとたずねる。

「美希《みき》ちゃんが言《い》ってたあの話《はなし》、ホントかなぁ？　もし、池《いけ》に浮《う》かべた色紙《いろがみ》に、誰《だれ》かの名前《なまえ》が浮《う》かんできたらどうする？」

「べつに」と、真実《しんじつ》は読《よ》んでいた本《ほん》に目《め》を落《お》としたまま、そっけなく答《こた》えた。

健太《けんた》は「はぁ……」と、溜《た》め息《いき》をつく。

「今年《ことし》のバレンタインも、チョコ、一個《いっこ》ももらえなかったし、きっとぼくの色紙《いろがみ》には何《なに》も出《で》てこないんだろうなぁ。……あ、でも、万《まん》に一《ひと》つの奇跡《きせき》が起《お》こることもあるし……」

そんなことを考《かんが》えだすと、胸《むね》がドキドキしてきて、健太《けんた》はますます落《お》ち着《つ》かなくなるのだった。

そのころ、先生《せんせい》たちの部屋《へや》では――。

「みなさーん、盛《も》りあがってますかぁ〜？　ではでは、ここで、不肖《ふしょう》わたくし、浜田典夫《はまだのりお》が、本日《ほんじつ》3回目《かいめ》の乾杯《かんぱい》の音頭《おんど》を取《と》らせていただきます！」

ノリノリのハマセンに、ほかの先生《せんせい》たちがつきあわされるといった形《かたち》で、宴会《えんかい》が続《つづ》いていた。そんななか、河合先生《かわいせんせい》は、昼間《ひるま》のおみくじの結果《けっか》が悪《わる》かったのをひきずってか、どんよりとしていた。

「河合先生《かわいせんせい》」と、そのとき、となりにいた大前先生《おおまえせんせい》が声《こえ》をかけてきた。

「どうなさったんですか？　さっきから元気《げんき》がないみたいですけど」

「え……？　あ、いえ、ちょっと疲《つか》れただけですわ」

河合先生《かわいせんせい》はドギマギしながら、うわずった声《こえ》で答《こた》える。

「そりゃあ、疲《つか》れもしますよね。考《かんが》えてみたら、修学旅行《しゅうがくりょこう》のコース決《ぎ》めからぜんぶ、河合先《かわいせん》生《せい》がおひとりでなさったんですもんね。今日《きょう》はどうぞゆっくりなさってください」

（ま、大前先生《おおまえせんせい》ったら、なんておやさしい……そうよね。占《うらな》いの結果《けっか》より、今《いま》、目《め》の前《まえ》にいる大前先生《おおまえせんせい》のやさしさこそがすべてなんだわ！）

河合先生《かわいせんせい》は笑顔《えがお》で「はい」と答《こた》えると、ポッと頬《ほお》を染《そ》めた。

午後《ご ご》11時《じ》45分《ふん》。

布団《ふとん》から起《お》きあがった美希《みき》は、3枚《まい》の赤《あか》い色紙《いろがみ》を手《て》に、「恋池《こいいけ》」へと向《む》かう。

裏口《うらぐち》を出《で》て、本館《ほんかん》と別館《べっかん》のあいだの通路《つうろ》を通《とお》り抜《ぬ》け、中庭《なかにわ》に出《で》ようとしたそのとき――

「わっ！」

「きゃっ！」

美希《みき》は暗《くら》がりで誰《だれ》かとぶつかり、ころんでしまった。

ぶつかった相手《あいて》は、一緒《いっしょ》に歩《ある》いていたほかのふたりを巻《ま》き添《ぞ》えにして、ドミノ

倒《だお》しのようにもつれ、しりもちをつく。

「ご、ごめんなさい……」

「いえ、わたしたちこそ……」

よく見《み》ると、目《め》の前《まえ》にいるのは、あや、カオル、ゆっこの３人《にん》だった。

「なんだ、あやたちも来《き》てたの？」

「そういう美希《みき》も？」

あやたちは、それぞれ赤《あか》い色紙《いろがみ》を手《て》に、「恋池《こいいけ》」へ向《む》かおうとしていたのだった。

「そういえば、色紙《いろがみ》……」

ぶつかった拍子《ひょうし》に、美希《みき》も、あやたちも、色紙《いろがみ》を落《お》としてしまったようで、一同《いちどう》のまわりには、６枚《まい》の色紙《いろがみ》がバラバラになって落《お》ちていた。

「これじゃあ、どれが誰《だれ》のだかわからないよね～」

ぼう然《ぜん》とするゆっこ。

「べつにいいいんじゃない？　同《おな》じ赤《あか》い色紙《いろがみ》なんだし」

美希《みき》はそう言《い》うと、落《お》ちていた色紙《いろがみ》を3枚《まい》、適当《てきとう》に選《えら》んで拾《ひろ》いあげる。

女子《じょし》3人組《にんぐみ》も、それぞれ色紙《いろがみ》を1枚《まい》ずつ拾《ひろ》い、そろって「恋池《こいいけ》」へと向《む》かった。


池《いけ》の前《まえ》には、すでに真実《しんじつ》と健太《けんた》が来《き》ていた。

「お待《ま》たせ。はい、これ。あなたたちの分《ぶん》よ」

美希《みき》はそう言《い》って、手《て》にした3枚《まい》の赤《あか》い色紙《いろがみ》のうち、2枚《まい》を真実《しんじつ》と健太《けんた》に渡《わた》す。

「えっ、もしかして、謎野《なぞの》くんや宮下《みやした》くんも一緒《いっしょ》なの？　なんか恥《は》ずかしいなぁ」

あやたち3人組《にんぐみ》は、真実《しんじつ》がそこにいることを意識《いしき》して、モジモジしはじめた。


中庭《なかにわ》のいちばん奥《おく》にある「恋池《こいいけ》」には、太鼓橋《たいこばし》がかかっている。

真実《しんじつ》、健太《けんた》、美希《みき》、あや、カオル、ゆっこの6人《にん》は、それぞれ赤《あか》い色紙《いろがみ》を1枚《まい》ずつ手《て》にしながら、太鼓橋《たいこばし》の上《うえ》に並《なら》び、池《いけ》をのぞき込《こ》んだ。

「ふーん……これが『恋池《こいいけ》』ねぇ」

「なんてことはない、ふつうの池《いけ》みたいだけど……」

池《いけ》を見《み》ながら、つぶやく真実《しんじつ》と健太《けんた》。その池《いけ》が「恋池《こいいけ》」と呼《よ》ばれるようになったのは、旅《りょ》館《かん》の名前《なまえ》にちなんでと、魚《さかな》のコイが泳《およ》いでいることからだという。

そのとき、美希《みき》が言《い》った。

「そろそろ、12時《じ》になるわよ」

その声《こえ》に、一同《いちどう》は顔《かお》を見合《みあ》わせ、ゴクリと息《いき》をのむ。

「じゃあ、行《い》くよ」

「せーの！」

６人《にん》はかけ声《ごえ》をかけ合《あ》いながら、手《て》にした赤《あか》い色紙《いろがみ》を裏返《うらがえ》しにして、いっせいに池《いけ》に落《お》とした。

「………」

６人《にん》は息《いき》をひそめ、池《いけ》を見《み》つめていたが、６枚《まい》の色紙《いろがみ》に変化《へんか》はなく、文字《もじ》らしきものは何《なに》も浮《う》かんでこない。

「やっぱり、ただのデマだったんじゃない？　それとも……わたしたち全員《ぜんいん》、誰《だれ》からも想《おも》われていない、とか？」
カオルがつぶやいたそのとき、池《いけ》をじっと見《み》つめていた美希《みき》が、１点《てん》を指《ゆび》さしながら、
「ねえ、見《み》て！」と、叫《さけ》んだ。
その場《ば》にいた一同《いちどう》は、いっせいに身《み》を乗《の》り出《だ》して、美希《みき》が指《ゆび》さすほうを見《み》た。

「ああっ！」
「か、紙《かみ》に文字《もじ》が……！」

池《いけ》に浮《う》かんだ６枚《まい》の色紙《いろがみ》のうち、５枚《まい》は何《なに》も変《か》わらなかったが、残《のこ》る１枚《まい》に、何《なに》か、文字《もじ》のようなものが浮《う》かびあがってきた。

なぞのしんじつ

「えっ、ナニナニ？　なんて書《か》いてあるの？」
最初《さいしょ》、文字《もじ》はうっすら、とぎれとぎれで、何《なに》が書《か》いてあるのかわからなかったが、それは徐々《じょじょ》に濃《こ》い赤《あか》になり、くっきりとした七《なな》つの文字《もじ》になる。

「な……ぞ……の……し……ん……じ……つ……」

「謎野真実《なぞのしんじつ》!?」

「これって、まさか……」と、一同《いちどう》は、顔《かお》を見合《みあ》わせる。
「名前《なまえ》が浮《う》かんだってことは、謎野《なぞの》くんは、この紙《かみ》を落《お》とした人《ひと》のことが好《す》きってことだよね？」
「えっ、誰《だれ》？　誰《だれ》？　誰《だれ》がこの紙《かみ》、落《お》としたの!?」

「あの……そこに落《お》としたの、ぼくだけど？」

女子《じょし》たちが騒然《そうぜん》となるなか、健太《けんた》がおずおずと答《こた》える。

「宮下《みやした》くん!?」

予想外《よそうがい》の展開《てんかい》に、みんなは驚《おどろ》きの表情《ひょうじょう》で、健太《けんた》を見《み》た。

「……てことは、つまり、謎野《なぞの》くんは、宮下《みやした》くんのことが……好《す》き?」

一同《いちどう》、ぼう然《ぜん》とするなか、美希《みき》はニヤリと笑《わら》いながら、「……やっぱりね」と、つぶやく。今回《こんかい》、美希《みき》が真実《しんじつ》と健太《けんた》にうわさの検証《けんしょう》を持《も》ちかけた本当《ほんとう》のねらいは、ふたりの関係《かんけい》を確《たし》かめることだったのだ。

(わたしの思《おも》ったとおりだわ。ふたりは愛《あい》の絆《きずな》で結《むす》ばれたホームズとワトソン……ステキ!)

妄想《もうそう》をめぐらせる美希《みき》。

かたわらで3人《にん》の女子《じょし》たちは、気《き》のぬけた顔《かお》で溜《た》め息《いき》をついた。

「謎野《なぞの》くんは、6年女子全員《ねんじょしぜんいん》のあこがれの的《まと》だったのに……」

それを聞《き》いた健太《けんた》は、のんきな笑顔《えがお》で言《い》う。

ホームズとワトソン
ワトソンは、名探偵《めいたんてい》シャーロック・ホームズの助手《じょしゅ》で、ホームズより2歳年上《さいとしうえ》の医者《いしゃ》。この有名《ゆうめい》な推理《すいり》小説《しょうせつ》を生《う》み出《だ》した作者《さくしゃ》のコナン・ドイルも、もともとは医者《いしゃ》だった。

「へえ、そうなの〜？　すごい、真実《しんじつ》くんって、モテるんだね〜」

するとあやたちはいっせいに、キッと健太《けんた》をにらみつけた。

「その謎野《なぞの》くんに想《おも》いを寄《よ》せられてるってことは、宮下《みやした》くんは6年生《ねんせい》の女子全員《じょしぜんいん》を敵《てき》にまわしたも同然《どうぜん》なのよ」

それだけ言《い》うと、あやたち3人《にん》は、健太《けんた》にクルリと背《せ》を向《む》け、去《さ》っていった。

健太《けんた》は、がく然《ぜん》とした。

「そんな……どうしよう？　真実《しんじつ》くんに好《す》かれているのはうれしいけど、ぼく、6年《ねん》の女子《じょし》全員《ぜんいん》を敵《てき》にまわしたくない！」

あせりまくる健太《けんた》をたしなめるように、真実《しんじつ》が言《い》う。

「健太《けんた》くん、キミはこの現象《げんしょう》を、何《なに》か超常的《ちょうじょうてき》なものだとでも思《おも》っているのかい？」

「いや、だって、最初《さいしょ》は何《なに》も書《か》かれていない、ただの裏返《うらがえ》しにした赤《あか》い色紙《いろがみ》だったんだよ？

それが池《いけ》に浮《う》かべて、しばらくしたら、突然《とつぜん》、文字《もじ》が出《で》てきて……」

言《い》いながら健太《けんた》は、それと同《おな》じ現象《げんしょう》をどこかで目撃《もくげき》したことに気《き》づいた。

「そういえば……貴船神社《きふねじんじゃ》の水占《みずうらな》いおみくじ！　もしかして、この現象《げんしょう》もあれと同《おな》じなの？」

健太《けんた》が言《い》うと、「そのとおりさ」と真実《しんじつ》は答《こた》える。

「水《みず》のあぶりだしは、特殊《とくしゅ》な印刷《いんさつ》技術《ぎじゅつ》がなくても、ミョウバンや、マニキュアを落《お》とす除光液《じょこうえき》など、身近《みぢか》なものを使《つか》っても可能《かのう》なんだ。今回《こんかい》、この池《いけ》で起《お》きた現象《げんしょう》は、貴船神社《きふねじんじゃ》の水占《みずうらな》いおみくじをヒントに、誰《だれ》かがしくんだのさ」

「水占《みずうらな》いおみくじって何《なに》？」

そのとき、美希《みき》がたずねた。健太《けんた》は得意《とくい》になって、昼間《ひるま》、貴船神社《きふねじんじゃ》であったことを美希《みき》に説明《せつめい》する。

「へえ、そんなおみくじ、あるんだ～」

美希《みき》は感心《かんしん》し、「そういえば……」と言《い》いながら、あやたちとぶつかった一件《いっけん》を話《はな》す。

「あのとき、色紙《いろがみ》がバラバラになって、誰《だれ》のものかわからなくなっちゃったのよね。もしかして、あの中《なか》の１枚《まい》に、水《みず》のあぶりだしで、謎野《なぞの》くんの

ミョウバン
おもに食品添加物《しょくひんてんかぶつ》として使《つか》われている。汗《あせ》を抑《おさ》えたり、体《からだ》のにおいを防《ふせ》いだりする効果《こうか》もある。

名前《なまえ》が浮《う》き出《で》るようなしかけがしてあったのかも……」

「なるほど、そういうことか」

美希《みき》の言葉《ことば》に、真実《しんじつ》はうなずく。

「色紙《いろがみ》にしかけをしたのは、山田《やまだ》あや、鈴木《すずき》カオル、田中《たなか》ゆっこ——3人《にん》のうちのひとりだ。この中《なか》に、誰《だれ》か、ミョウバンや除光液《じょこうえき》を持《も》っている人《ひと》、もしくは買《か》った人《ひと》はいるかい？」

真実《しんじつ》は、美希《みき》にたずねた。

「ううん」

美希《みき》は答《こた》え、

「でも、3人《にん》は売店《ばいてん》で、変《へん》な買《か》い物《もの》をしてたけど」

と、付《つ》け加《くわ》える。

「変《へん》な買《か》い物《もの》？」

「あやはお砂糖《さとう》、カオルはミカン、ゆっこはせっけんを買《か》っていたのよ。べつに変《へん》なものじゃないけど、わざわざ修学旅行《しゅうがくりょこう》で買《か》う必要《ひつよう》はないのにって、思《おも》ったの」

「なるほどね」

真実《しんじつ》は人差《ひとさ》し指《ゆび》で眼鏡《めがね》をクイッとあげ、サラサラの髪《かみ》をかきあげた。

「しかけをしたのが誰《だれ》か、ぼくにはもうわかったよ。ヒントは3人《にん》が買《か》ったものさ」

水占《みずうらな》いおみくじと同《おな》じで
文字《もじ》を書《か》いた部分《ぶぶん》に
早《はや》く水《みず》がしみ込《こ》んだんだ

解《かい》決《けつ》編《へん》

「……で、誰《だれ》なの、そのしかけをした人《ひと》って？　もしかして、ミカンを買《か》ったカオルちゃんかなぁ？」

「ううん、あやよ！　ミカンはそのままでも食《た》べられるけど、お砂糖《さとう》なんか買《か》ったって意味《いみ》ないでしょ？　お土産《みやげ》にしてはちょっと変《か》わってるし……」

健太《けんた》と美希《みき》は口々《くちぐち》に言《い》ったが、「どちらも不正解《ふせいかい》だね」と、真実《しんじつ》は答《こた》えた。

「ミカンの汁《しる》や砂糖水《さとうみず》は、火《ひ》のあぶりだしには使《つか》えても、水《みず》のあぶりだしには使《つか》えない」

「じゃあ、しかけをしたのは、せっけんを買《か》ったゆっこちゃん？」

「消去法《しょうきょほう》から言《い》っても、ゆっこしかいないわね」

「そういうこと」と、真実《しんじつ》は答《こた》え、解説《かいせつ》する。

「せっけんの成分《せいぶん》は、汚《よご》れと水《みず》の両方《りょうほう》にくっつくことで、汚《よご》れを水《みず》に混《ま》ぜて落《お》としやすくしている。つまり、せっけんには水《みず》と結《むす》びつきやすい性質《せいしつ》があるんだ。だから、色紙《いろがみ》の裏側《うらがわ》にせっけんで文字《もじ》や絵《え》を描《か》いて水《みず》に浮《う》かべると、その部分《ぶぶん》だけ早《はや》く水《みず》がしみ込《こ》んで裏《うら》の色《いろ》が透《す》けて見《み》えて、文字《もじ》や絵《え》が浮《う》き出《で》てくるんだ」

「そっかぁ！　真実《しんじつ》くんは、ホントすごいな」

みごとナゾを解《と》き明《あ》かした真実《しんじつ》に、健太《けんた》は尊敬《そんけい》のまなざしを向《む》ける。

しかし、真実《しんじつ》の表情《ひょうじょう》は、今《いま》ひとつ晴《は》れない。

「実《じつ》は、ぼくにもわからないことがひとつだけあるんだ」

「えっ、真実《しんじつ》くんにも、わからないこと？」

「そもそも、なんで田中《たなか》ゆっこさんは、わざわざ色《いろ》紙《がみ》にぼくの名前《なまえ》を浮《う》かびあがらせるような細工《さいく》をしたんだろう？　そんなことをして、彼女《かのじょ》に何《なん》のメリットがあるのかな？」

「謎野《なぞの》くん、科学《かがく》は得意《とくい》でも、女心《おんなごころ》には、からっきし疎《うと》いのね」

美希《みき》はあきれたように、溜《た》め息《いき》をついた。

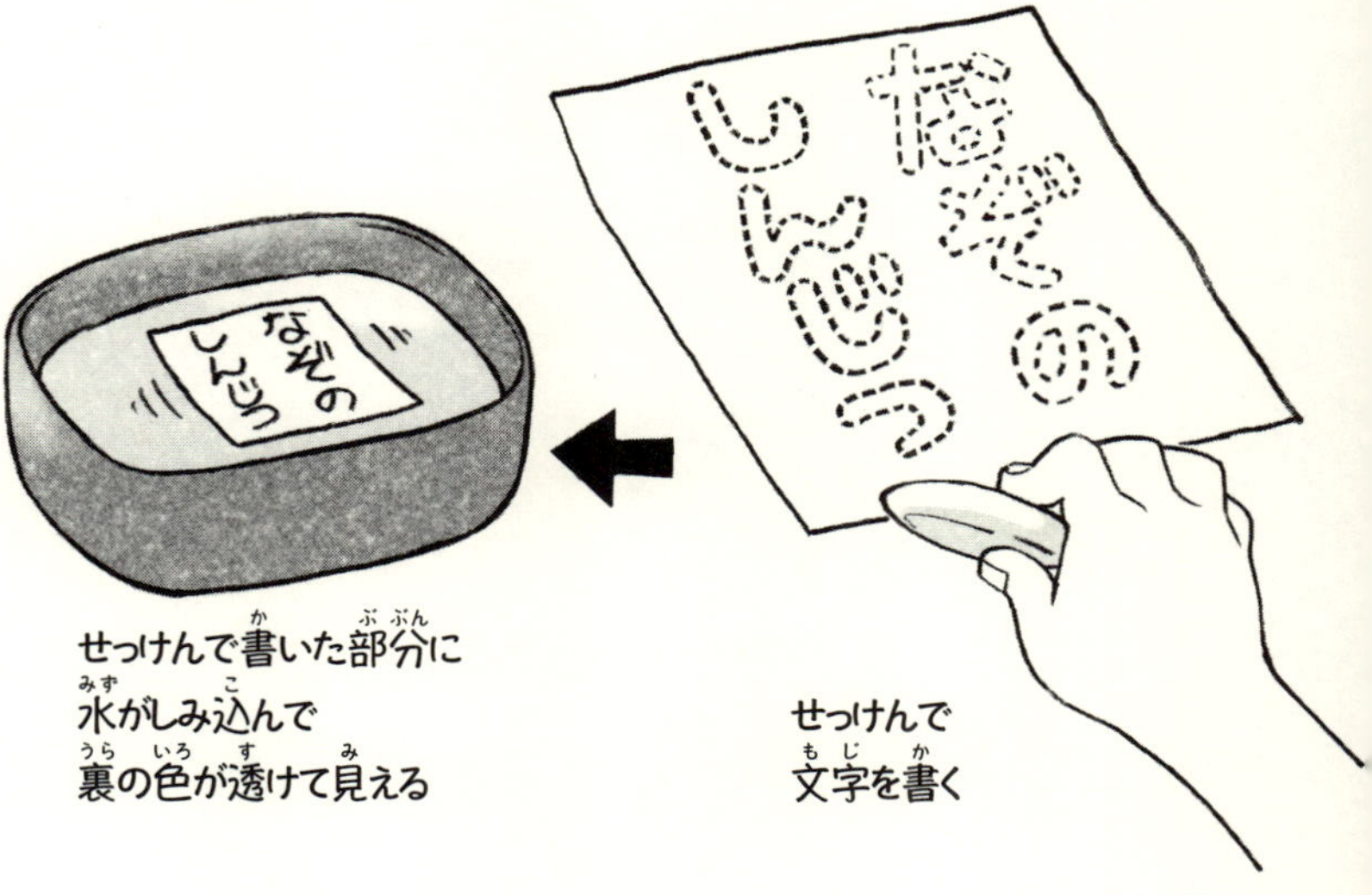
なぞのしんじつ
なぞのしんじつ
せっけんで書《か》いた部分《ぶぶん》に
水《みず》がしみ込《こ》んで
裏《うら》の色《いろ》が透《す》けて見《み》える
せっけんで
文字《もじ》を書《く》く

部屋《へや》に戻《もど》った美希《みき》が、ゆっこにそっと真相《しんそう》を確《たし》かめてみると、やはり真実《しんじつ》が推《すい》理《り》したとおり、ゆっこが色紙《いろがみ》にせっけんで真実《しんじつ》の名前《なまえ》を書《か》いたことがわかった。

去年《きょねん》、修学旅行《しゅうがくりょこう》に行《い》ったお姉《ねえ》さんから聞《き》いて、ゆっこは水占《みずうらな》いおみくじや、水《みず》のあぶりだしのことを知《し》っていたという。

「謎野《なぞの》くんとうわさになりたかったの。そうすれば、謎野《なぞの》くん、わたしのこと、気《き》にしてくれるかなと思《おも》って……美希《みき》、どうしよう？　わたし、もう恥《は》ずかしくて、学校《がっこう》に行《い》けない！」

落《お》ち込《こ》むゆっこを、「だいじょうぶよ」と、なぐさめる美希《みき》。

「謎野《なぞの》くんが見破《みやぶ》ったのは、トリックだけ。ゆっこの気持《きも》ちには、全然気《ぜんぜんき》づいてないから」

それを聞《き》いて、ゆっこは安心《あんしん》したようにほほえみ、「よかった」と、つぶやく。

(それにしても、あんなトーヘンボクを好《す》きになるなんて、ゆっこも物好《ものず》きよね……)

美希《みき》は、心《こころ》の中《なか》でつぶやいた。

翌日《よくじつ》は、修学旅行《しゅうがくりょこう》の最終日《さいしゅうび》。

旅館《りょかん》を出《で》て、バスに乗《の》り込《こ》もうとした真実《しんじつ》は、ふと足《あし》を止《と》める。前《まえ》に止《と》まるバスの前《まえ》で、じっとこちらを見《み》ているゆっこの姿《すがた》に気《き》づいたのだ。

「おはよう」

真実《しんじつ》が声《こえ》をかけると、ゆっこは顔《かお》を赤《あか》くしながら、

「お、おはよう……」

と、ぎこちない笑顔《えがお》であいさつを返《かえ》す。それから、ちょっとうれしそうなようすで、バスの中《なか》へと消《き》えていった。

トーヘンボク(唐変木《とうへんぼく》)
気《き》のきかない人《ひと》や、もののわかりの悪《わる》い人《ひと》を、ののしるときの言葉《ことば》。

5

SCIENCE TRICK DATA FILE

科学《かがく》トリック データファイル

浮《う》かびあがる文字《もじ》

うがい薬《ぐすり》とかたくり粉《こ》を使《つか》って「水《みず》のあぶりだし」をしてみましょう。この方法《ほうほう》では、かたくり粉《こ》に含《ふく》まれるデンプンが、うがい薬《ぐすり》に含《ふく》まれるヨウ素《そ》と結《むす》びつき、紫色《むらさきいろ》に変化《へんか》します。

このように、デンプンとヨウ素《そ》が結《むす》びついて紫色《むらさきいろ》になる現象《げんしょう》を、「ヨウ素《そ》デンプン反応《はんのう》」といいます。ヨウ素《そ》デンプン反応《はんのう》は、食品《しょくひん》にデンプンが含《ふく》まれているかどうかを調《しら》べるときなどに使《つか》われています。

【実験《じっけん》してみよう】

用意《ようい》するもの：水《みず》、かたくり粉《こ》、習字用《しゅうじよう》の半紙《はんし》（またはキッチンペーパー）、うがい薬《ぐすり》（ヨウ素《そ》が入《はい》っているもの）

①かたくり粉《こ》を水《みず》で溶《と》かし、電子《でんし》レンジで少《すこ》し温《あたた》める（沸騰《ふっとう》させない）

②かたくり粉液《こえき》が冷《さ》めたら、筆《ふで》などで半紙《はんし》に文字《もじ》を書《か》き、紙《かみ》を乾《かわ》かす

なぞの

③うがい薬《ぐすり》を混《ま》ぜた水《みず》に紙《かみ》を浸《ひた》すと、紫色《むらさきいろ》の文字《もじ》が浮《う》かびあがる！

※ノートの紙《かみ》やコピー用紙《ようし》にはデンプンが含《ふく》まれているので、紙全体《かみぜんたい》が紫色《むらさきいろ》になり、うまくいきません。

A.うがい薬《ぐすり》を使《つか》う方法《ほうほう》を紹介《しょうかい》するよ

写真《しゃしん》のナゾ

呪《のろ》いの修学旅行《しゅうがくりょこう》6

事件編《じけんへん》

修学旅行《しゅうがくりょこう》の最終日《さいしゅうび》。

花森小学校《はなもりしょうがっこう》の生徒《せいと》たちは、土産店《みやげてん》にやってきた。

「よし、みんな。お土産《みやげ》を買《か》うのは1時間《じかん》だからな〜」

大前先生《おおまえせんせい》がそう言《い》うと、生徒《せいと》たちが店《みせ》の中《なか》にちらばる。

お土産《みやげ》を買《か》ったら、あとはバスに乗《の》って帰《かえ》るだけだ。

「やっぱりお土産《みやげ》といえば、八《や》ツ橋《はし》よね、あとはおまんじゅうとおせんべいに、あっ、モナカも買《か》わなきゃね！」

「美希《みき》ちゃん、食《た》べ物《もの》ばっかりだね」

「そういう健太《けんた》くんこそ、何《なに》を買《か》ったのよ」

「ぼくはもちろん、これさ！」

健太《けんた》は京都府《きょうとふ》の形《かたち》をしたキーホルダーを自信満々《じしんまんまん》に見《み》せた。

「……なんか、センス悪《わる》いんだけど」

「なに言《い》ってるの。ぼくは旅行《りょこう》に行《い》くたびにこういうキーホルダーを買《か》ってるんだ。夢《ゆめ》は47都道府県《とどうふけん》すべて集《あつ》めて、日本地図《にほんちず》を完成《かんせい》させることだからね！」

「あ、そう……」

美希《みき》はあきれて小《ちい》さな溜《た》め息《いき》をもらした。

そのとき健太《けんた》は、店《みせ》のすみにあるベンチに真実《しんじつ》がひとりで座《すわ》っていることに気《き》づいた。

真実《しんじつ》は、校長先生《こうちょうせんせい》から渡《わた》されたあの写真《しゃしん》をじっと見《み》つめている。

（結局《けっきょく》、真実《しんじつ》くん、修学旅行中《しゅうがくりょこうちゅう》に写真《しゃしん》の場所《ばしょ》がどこなのかわからなかったんだよね……）

写真《しゃしん》に写《うつ》っているのは、満開《まんかい》の桜《さくら》と、その前《まえ》に立《た》つ真実《しんじつ》の父《ちち》・謎野快明《なぞのかいめい》。そして夜空《よぞら》には、いくつも星《ほし》が見《み》えている。

（たぶん、あの桜《さくら》のある場所《ばしょ》に行《い》けってことだよね？　写真《しゃしん》にはたしか、うしろのほうに屋《や》台《たい》があって、そのそばに観光客《かんこうきゃく》みたいな人《ひと》たちもいたけど……）

屋台《やたい》が出《で》ているということは、観光客《かんこうきゃく》がよく訪《おとず》れる場所《ばしょ》なのだろうか。

（でも、そんなの日本中《にほんじゅう》にあるし、さすがにどこなのかわからないよね……）

健太《けんた》は真実《しんじつ》のことが心配《しんぱい》になり、そばに歩《あゆ》み寄《よ》った。

「真実《しんじつ》くん、はいこれ」

差《さ》し出《だ》したのは、京都府《きょうとふ》の形《かたち》をしたキーホルダーだ。

「真実《しんじつ》くんもお土産《みやげ》買《か》おうよ、楽《たの》しいよ」

「いや、ぼくはそういうのは……」

「キーホルダーがいやなら、金閣寺《きんかくじ》の置物《おきもの》はどう？　あっ、『京都星空図鑑《きょうとほしぞらずかん》』っていう本《ほん》もあるよ！　真実《しんじつ》くん、こういう本好《ほんす》きだよね？」

健太《けんた》は棚《たな》に置《お》かれていた図鑑《ずかん》を手《て》に取《と》ると、真実《しんじつ》に見《み》せた。

「ほらっ、星空《ほしぞら》がきれいだよ！」

「確《たし》かにきれいだけど、そういうのもちょっと……」

「そんなこと言《い》わないで、一緒《いっしょ》にお土産《みやげ》買《か》おうよ。写真《しゃしん》のことで悩《なや》んでいるのはわかるけど、ぼく、真実《しんじつ》くんに元気《げんき》になってほしいんだ」

「健太《けんた》くん……わかったよ」

真実《しんじつ》は立《た》ち上《あ》がり、お土産《みやげ》コーナーに向《む》かうことにした。

そのとき、真実《しんじつ》は手《て》に持《も》っていた写真《しゃしん》を思《おも》わず床《ゆか》に落《お》としてしまった。

「あら」

健太《けんた》が写真《しゃしん》を拾《ひろ》う。

「あれっ？」

健太《けんた》は、写真《しゃしん》を見《み》つめた。

「この屋台《やたい》のそばにいる人《ひと》が持《も》ってるのって……」

「どうしたんだい、健太《けんた》くん？」

健太《けんた》はリュックのポケットに手《て》をのばすと、丸《まる》めていたあるものを取《と》り出《だ》した。

それは、健太《けんた》が１００回《かい》は読《よ》んだという『京都観光《きょうとかんこう》マップ』だ。

「あっ！」

真実《しんじつ》は、その観光《かんこう》マップを手《て》に取《と》り、写真《しゃしん》の中《なか》の屋台《やたい》のそばに立《た》っている観光客《かんこうきゃく》が持《も》っているものと見比《みくら》べた。

「一緒《いっしょ》だ……」

観光客《かんこうきゃく》の手《て》には、健太《けんた》と同《おな》じ『京都観光《きょうとかんこう》マップ』が握《にぎ》られていたのだ。

「じゃあ、この写真《しゃしん》は京都《きょうと》で撮《と》られたってこと？」

「そういうことになるね」

真実《しんじつ》はチラリと土産店《みやげてん》の壁《かべ》にかかっている時計《とけい》を見《み》つめた。

「バスに乗《の》るまで、あと30分《ぷん》か……」

「30分《ぷん》でこの写真《しゃしん》が京都《きょうと》のどこなのか探《さが》し出《だ》せるかな？」

「難《むずか》しいだろうね。桜《さくら》の咲《さ》く場所《ばしょ》なんて数《かぞ》え切《き》れないほどあるから……」

真実《しんじつ》はくやしそうな顔《かお》をして、思《おも》わずうつむいた。

観光マップ
京都
KYOTO
とっておき
古都歩き
お寺めぐりから
グルメ・スウィーツまで
おでん

「ん？」

真実《しんじつ》は、健太《けんた》がベンチの上《うえ》に置《お》いた『京都星空図鑑《きょうとほしぞらずかん》』に目《め》を留《と》めた。

季節《きせつ》ごとの星空《ほしぞら》がのっているページが開《ひら》かれている。

「これは……」

真実《しんじつ》は、口元《くちもと》に手《て》をあてて図鑑《ずかん》にのっている星空《ほしぞら》をじっと見《み》つめた。

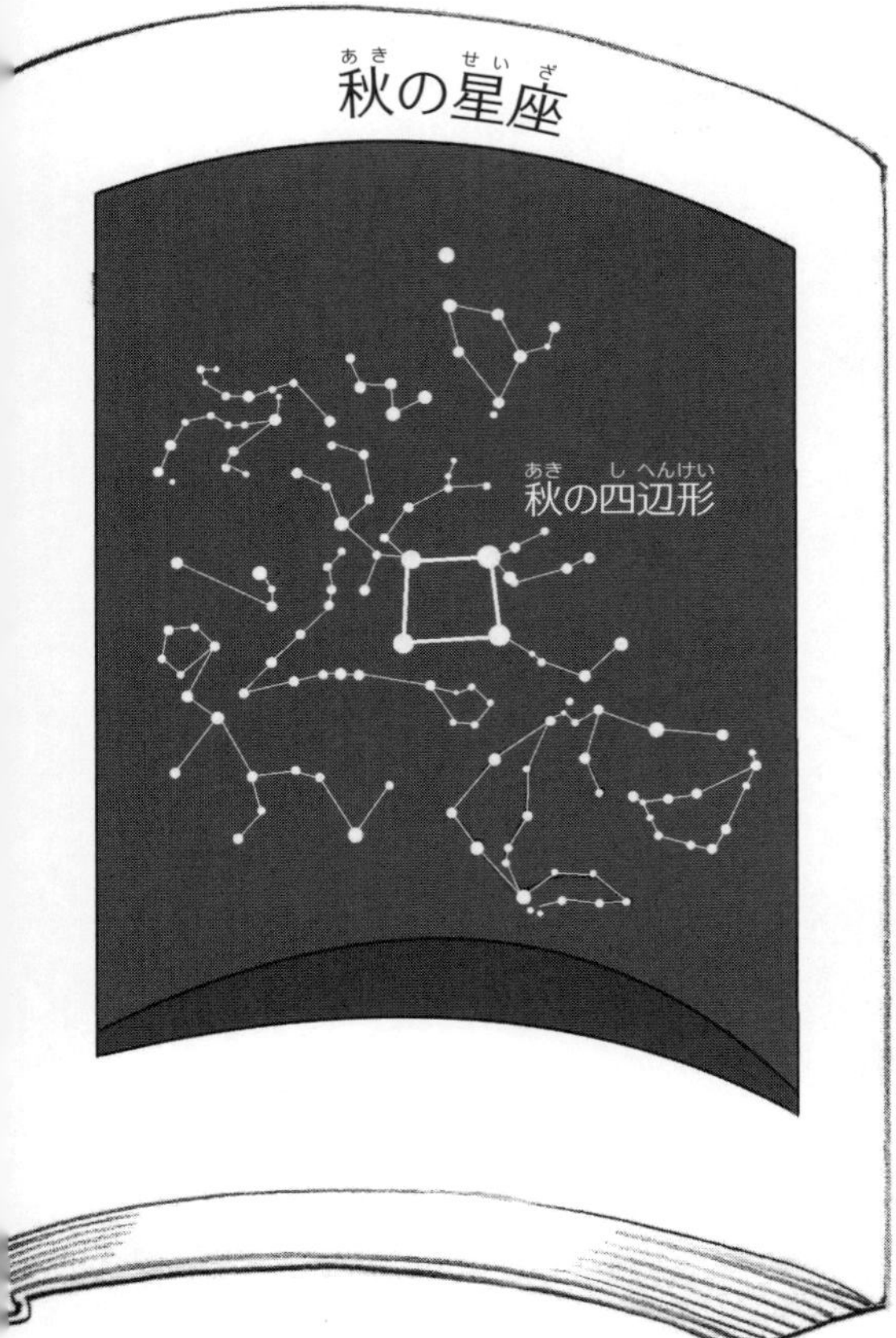

「どうしたの、真実《しんじつ》くん？」

「父《ちち》の写真《しゃしん》を貸《か》して！」

「えっ、あ、うん」

健太《けんた》が写真《しゃしん》を渡《わた》すと、真実《しんじつ》は食《く》い入《い》るように写真《しゃしん》を見《み》た。

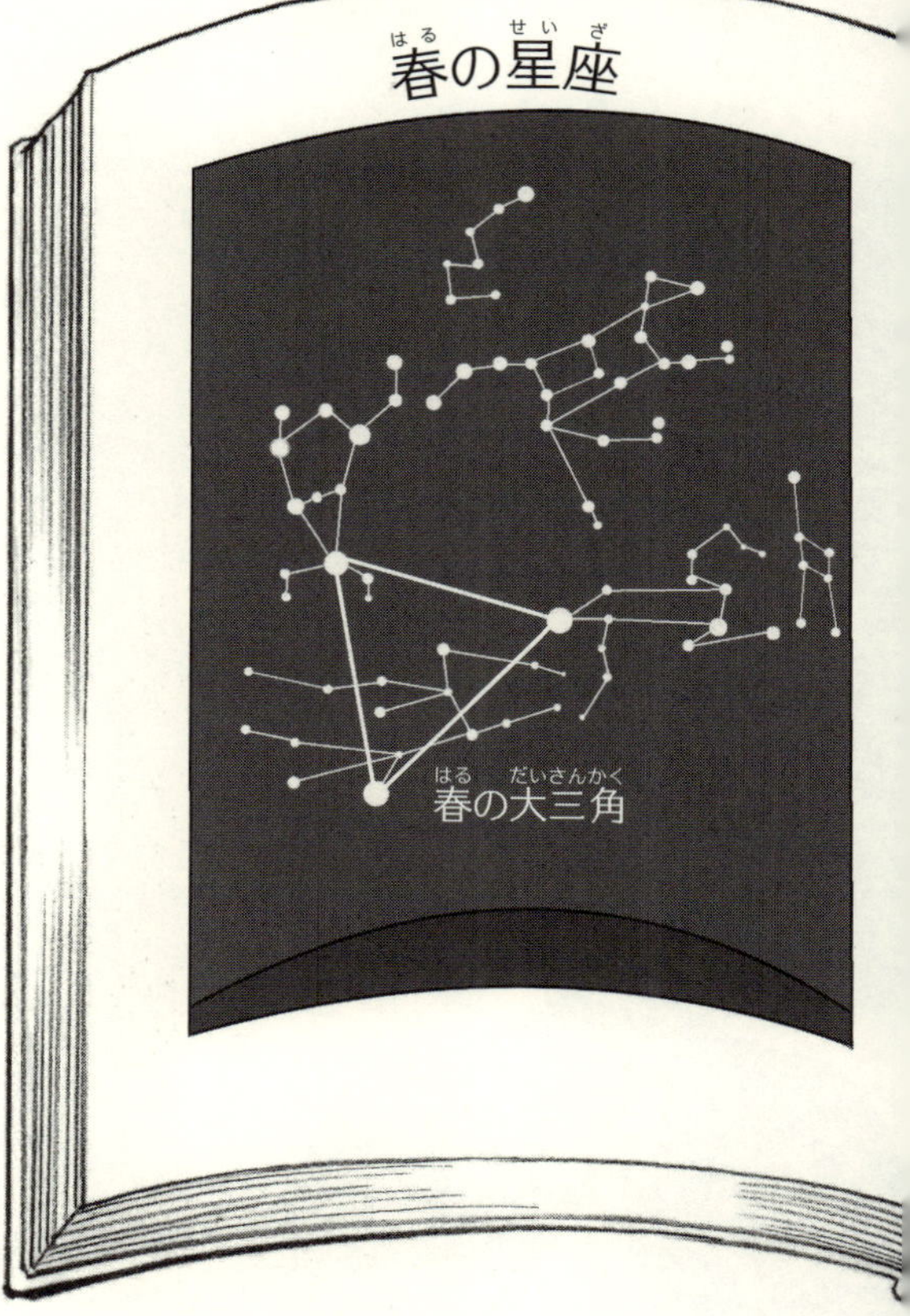

「なるほど、そういうことか。……どうやら、ぼくたちはこの写真《しゃしん》の季節《きせつ》をカン違《ちが》いしていたようだ」

「どういうこと？　春《はる》の写真《しゃしん》じゃないの？」

「答《こた》えは、この図鑑《ずかん》の中《なか》にあったんだ」

「図鑑《ずかん》の中《なか》に？」

真実《しんじつ》はどうして季節《きせつ》をカン違《ちが》いしていたと言《い》ったのだろう？

12ページの
写真《しゃしん》に写《うつ》った星空《ほしぞら》と
よく見《み》くらべてみよう

解《かい》決《けつ》編《へん》

健太《けんた》は写真《しゃしん》と図鑑《ずかん》を何度《なんど》も見比《みくら》べてみた。

「写真《しゃしん》にも星《ほし》は写《うつ》っているけど、べつにおかしなところはなさそうだよ？」

「健太《けんた》くん、点《てん》で見《み》ていても答《こた》えは出《で》てこないよ。線《せん》で見《み》るんだ。星《ほし》と星《ほし》を線《せん》でつなぐと何《なん》になる？」

「線《せん》でつなぐと、ええっと……、あっ、星座《せいざ》になるよね！　あああ！　そうか、わかった！」

健太《けんた》は、図鑑《ずかん》の「秋《あき》の星座《せいざ》」を指《ゆび》さした。

「この『秋《あき》の星座《せいざ》』の星空《ほしぞら》と、真実《しんじつ》くんの持《も》っている写真《しゃしん》に写《うつ》っている星《ほし》が同《おな》じだ！」

「そのとおり。この星座《せいざ》はアンドロメダ座《ざ》とペガスス座《ざ》からなる『秋《あき》の四辺形《しへんけい》』なんだ」

「なるほど、そうだったんだ！　だけど、それのどこがカン違《ちが》いだったの？」

「わからないかい？　この写真《しゃしん》は季節《きせつ》が『秋《あき》』なのに、なぜぼくたちは『春《はる》』だと思《おも》っていたのか？」

「ああ！」

健太《けんた》は、真実《しんじつ》の持《も》っている写真《しゃしん》のある部分《ぶぶん》を凝視《ぎょうし》した。

「秋《あき》なのに、どうして桜《さくら》が!?」

写真《しゃしん》には、満開《まんかい》の桜《さくら》が咲《さ》いているのだ。

「桜《さくら》が咲《さ》いてるってことは、この写真《しゃしん》を撮《と》ったのは春《はる》だよね？　それなのになぜ夜空《よぞら》には秋《あき》の星座《せいざ》が見《み》えてるの？　もしかして、何《なに》かトリックを使《つか》って、この写真《しゃしん》を撮《と》ったってこ

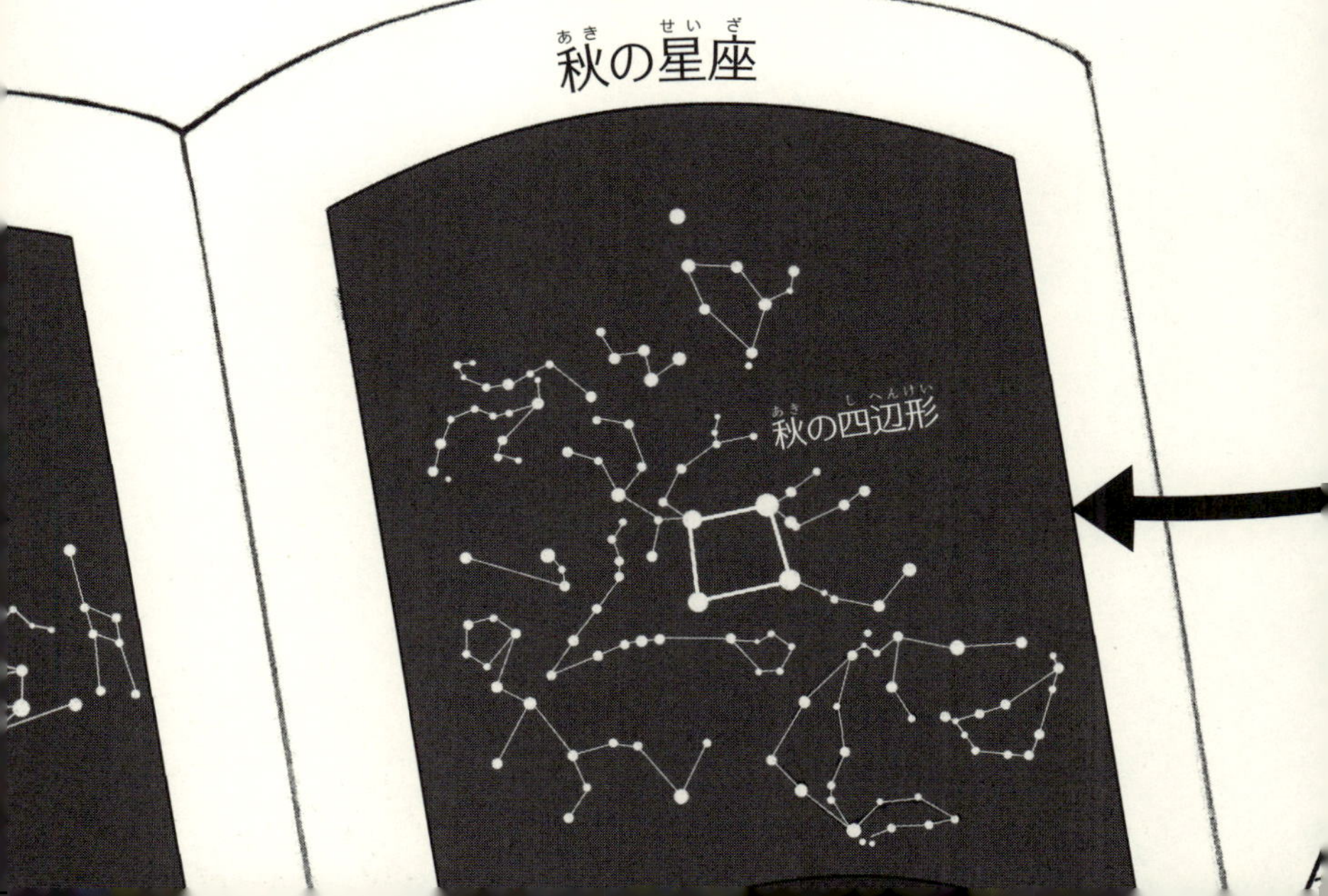

と？」

するとと、真実《しんじつ》が小《ちい》さく首《くび》を横《よこ》に振《ふ》った。

「トリックなんて使《つか》っていないよ。星空《ほしぞら》と桜《さくら》は、この場所《ばしょ》がどこなのかを示《しめ》す大《おお》きなヒントだったんだ」

「それって、いったい……？」

「健太《けんた》くん、お花見《はなみ》は好《す》きかい？」

「うん、大好《だいす》きだよ。今年《ことし》も家族《かぞく》みんなで近《ちか》くの公園《こうえん》で楽《たの》しんだもん！」

「そうか。じゃあ、今《いま》からまたお花見《はなみ》をしてみるかい？」

「今《いま》から？　あのねえ、今《いま》は秋《あき》だよ、桜《さくら》なんか咲《さ》いてるわけが――」

そのとき、健太《けんた》はハッとした。


「もしかして、秋《あき》に咲《さ》く桜《さくら》があるの？」


真実《しんじつ》は大《おお》きくうなずいた。

「そのとおり、この写真《しゃしん》に写《うつ》っている桜《さくら》は、秋《あき》に咲《さ》く桜《さくら》なんだ。桜《さくら》はふつう『春《はる》』に咲《さ》くイメージがあるけど、『十月桜《じゅうがつざくら》』や『四季桜《しきざくら》』、それに『子福桜《こぶくざくら》』という桜《さくら》は、『秋《あき》』にも花《はな》を咲《さ》かせるんだ」

「そんな桜《さくら》があったんだ。ぼく、初《はじ》めて知《し》ったよ」

「ぼくは知識《ちしき》としては知《し》っていたけど、最初《さいしょ》この写真《しゃしん》を見《み》たときはまったく気《き》づかなかったよ。夜空《よぞら》に秋《あき》の星座《せいざ》が見《み》えていなかったら、たぶん気《き》づかないままだっただろうね」

「もしかして、真実《しんじつ》くんのお父《とう》さんが、わざと桜《さくら》と一緒《いっしょ》に星空《ほしぞら》が写《うつ》るように写真《しゃしん》を撮《と》ったってこと？」

「ああ、そうだと思《おも》う」

「どうしてわざわざそんな写真《しゃしん》を？」

「それはわからない。だけどこの場所《ばしょ》に行《い》けばわかるはずだ」

真実《しんじつ》は写真《しゃしん》を見《み》つめた。

「父《ちち》は、ぼくが花森小学校《はなもりしょうがっこう》へ転校《てんこう》すれば、京都《きょうと》へ修学旅行《しゅうがくりょこう》に行《い》くとわかっていたんだろう。ここに写《うつ》っている観光客《かんこうきゃく》は『京都観光《きょうとかんこう》マップ』を持《も》っている。そして屋台《やたい》もある。それもヒントの一部《いちぶ》だったんだ」

「秋《あき》に咲《さ》く桜《さくら》ってそんなにいっぱいないよね？」

「ああ、数《かず》は限《かぎ》られる」

「ということは、探《さが》し出《だ》すことは不可能《ふかのう》じゃない」

「そういうことになるね」

「やった！　じゃあそこへ行《い》けば、真実《しんじつ》くんのお父《とう》さんがなぜ写真《しゃしん》を残《のこ》したのか、そのナゾもわかるはずだよね！」

健太《けんた》は大喜《おおよろこ》びしたが、真実《しんじつ》は「だけど……」と言葉《ことば》を続《つづ》けた。

「もう時間《じかん》がない。もっと早《はや》くにこの事実《じじつ》にたどり着《つ》いていたら、秋《あき》に咲《さ》く桜《さくら》の場所《ばしょ》を探《さが》すこともできたのに……」

お土産《みやげ》を買《か》い終《お》わったら、あとはバスに乗《の》って帰《かえ》るだけだ。

わずかな時間《じかん》で写真《しゃしん》の場所《ばしょ》を探《さが》し出《だ》すのは不可能《ふかのう》なように思《おも》えた。

「そんな、せっかく写真《しゃしん》の場所《ばしょ》がわかりそうだったのに……」

健太《けんた》はくやしそうにそう言《い》った。

「その情報《じょうほう》、持《も》ってるわよ！」


うしろから声《こえ》がした。

振《ふ》り返《かえ》ると、美希《みき》が立《た》っていた。

「話《はなし》は聞《き》かせてもらったわ。その写真《しゃしん》にそんなナゾがあったとはね」

「美希《みき》ちゃん、情報《じょうほう》を持《も》ってるってどういうこと？」

「ふふふ、わたしを誰《だれ》だと思《おも》っているの？　新聞部部《しんぶんぶぶ》長《ちょう》の青井美希《あおいみき》よ。何《なに》も調《しら》べないで京都《きょうと》に修学旅行《しゅうがくりょこう》に来《く》ると

思《おも》う？」

美希《みき》はバッグの中《なか》から何《なに》かを取《と》り出《だ》した。

「ああ、それって！」

健太《けんた》はそれが何《なに》かすぐにわかった。

『京都観光《きょうとかんこう》マップ』だ。

「ぼく、それ１００回《かい》は読《よ》んだよ！」

「１００回《かい》？　甘《あま》いわね、わたしは１０００回《かい》読《よ》んだわよ」

「えええ！」

「それだけじゃないわ」

美希《みき》はさらにバッグの中《なか》から数冊《すうさつ》の本《ほん》を取《と》り出《だ》した。

「『続《ぞく》・京都観光《きょうとかんこう》マップ』『続々《ぞくぞく》・京都観光《きょうとかんこう》マップ』、さらにおまけに『マル秘《ひ》・京都観光《きょうとかんこう》マップ』も、わたしはちゃ～んとチェックしているわ」

「そ、そんなにシリーズが！」

「桜《さくら》にいろいろな種類《しゅるい》があるように、『京都観光《きょうとかんこう》マップ』にもいろいろ種類《しゅるい》があるってことよ」

美希《みき》は『マル秘《ひ》・京都観光《きょうとかんこう》マップ』を取《と》り出《だ》し、あるページを開《ひら》いた。

「ほらっ、この記事《きじ》を見《み》て」

美希《みき》はページのすみにある「豆情報《まめじょうほう》」を指《ゆび》さした。

そこには、「桜《さくら》って、秋《あき》にも咲《さ》くの!?」というタイトルの記事《きじ》がある。

「もしかしてこれは……」

真実《しんじつ》がその記事《きじ》をじっと見《み》つめる。

「ええ、そうよ。この記事《きじ》は謎野《なぞの》くんが探《さが》したいと思《おも》っている秋《あき》に咲《さ》く桜《さくら》の情報《じょうほう》よ」

記事《きじ》には、ある神社《じんじゃ》の近《ちか》くに、秋《あき》に咲《さ》く桜《さくら》があることが書《か》かれていた。

「恋愛成就《れんあいじょうじゅ》のパワースポットとして有名《ゆうめい》な神社《じんじゃ》かぁ」

「ええ。しかもその神社《じんじゃ》、ここから歩《ある》いて行《い》ける場所《ばしょ》にあるわ」

それを聞《き》き、真実《しんじつ》は顔《かお》をあげた。

「まあ、そこが謎野《なぞの》くんが探《さが》している写真《しゃしん》の場所《ばしょ》かどうかはわからないけど、神社《じんじゃ》があるんだから、観光客《かんこうきゃく》はいるだろうし、屋台《やたい》ぐらい出《で》てるでしょ。行《い》く価値《かち》あると思《おも》わない？」

美希《みき》の言葉《ことば》に、真実《しんじつ》は小《ちい》さくうなずいた。

「行《い》ってみよう。行《い》けば、写真《しゃしん》の場所《ばしょ》かどうかわかるはずだ」

真実《しんじつ》は健太《けんた》と美希《みき》とともに、神社《じんじゃ》にやってきた。

「桜《さくら》の木《き》はたしか、神社《じんじゃ》の近《ちか》くにあるはずよね……」

真実《しんじつ》と美希《みき》は桜《さくら》の木《き》を探《さが》した。

「あっ、あれ！」

突然《とつぜん》、健太《けんた》が声《こえ》をあげた。

「桜《さくら》の木《き》があったのかい？」

「どこなの!?」

「い、いや、そうじゃないけど、あそこを見《み》て！」

健太《けんた》は神社《じんじゃ》の境内《けいだい》のほうを指《ゆび》さした。

そこには、見覚《みおぼ》えのある人物《じんぶつ》が立《た》っていた。

河合先生《かわいせんせい》だ。

「どうして、河合先生《かわいせんせい》があんなところにいるのよ？」

「それはわからないけど、真実《しんじつ》くん、もしかすると、写真《しゃしん》のナゾと関係《かんけい》あるのかもしれないよ！」

「まさか、河合先生《かわいせんせい》が!?」

真実《しんじつ》たちはあわてて物陰《ものかげ》に隠《かく》れ、河合先生《かわいせんせい》をじっと見《み》つめた。

すると、河合先生《かわいせんせい》は賽銭箱《さいせんばこ》の前《まえ》に立《た》った。

「……先生《せんせい》と両想《りょうおも》いになれますように。……先生《せんせい》と両想《りょうおも》いになれますように……」

河合先生《かわいせんせい》は手《て》を合《あ》わせ、何度《なんど》もそう言《い》う。

「……ねえ、今《いま》、河合先生《かわいせんせい》なんて言《い》ったの？」

「両想《りょうおも》いになれますようにって言《い》ってたよね。だけど相手《あいて》の名前《なまえ》は声《こえ》が小《ち》さくて、先生《せんせい》としか聞《き》こえなかったけど」

「なるほど……」

真実《しんじつ》は小《ち》さな溜《た》め息《いき》をもらした。

「河合先生《かわいせんせい》はただこの神社《じんじゃ》に参拝《さんぱい》しにきただけみたいだね。ここは恋《こい》が実《みの》るパワースポットとして有名《ゆうめい》なんだろう？」

賽銭箱《さいせんばこ》の向《む》こうには神社《じんじゃ》の本殿《ほんでん》がある。

河合先生《かわいせんせい》は本殿《ほんでん》の中《なか》にまつられている神様《かみさま》に向《む》かって、願《ねが》いごとを言《い》っていたのだ。

「つまり、河合先生《かわいせんせい》は写真《しゃしん》のナゾと関係《かんけい》ないってこと？」

健太《けんた》がたずねると、真実《しんじつ》は

「まったく関係《かんけい》ないね」

と答《こた》えた。

やがて、河合先生《かわいせんせい》は神社《じんじゃ》から去《さ》っていった。

「相手《あいて》の先生《せんせい》って誰《だれ》なんだろう。なんだか気《き》になるよね」

「わたしも気《き》になるけど、今《いま》はそれどころじゃないでしょ」

「ああ。あと15分《ふん》で集合場所《しゅうごうばしょ》に戻《もど》らないといけない」

「そ、そっか！　じゃあ早《はや》く桜《さくら》を見《み》つけなくっちゃ！」

真実《しんじつ》たちはあわてて神社《じんじゃ》のまわりを見回《みまわ》した。

しかし、いくら探《さが》してもどこにも桜《さくら》はない。

「どうして？　確《たし》かに秋《あき》に咲《さ》く桜《さくら》があるはずなのに」

そのとき風《かぜ》が吹《ふ》いた。

真実《しんじつ》の手《て》に、何《なに》かが舞《ま》い落《お》ちる。

桜《さくら》の花《はな》びらだ。

真実《しんじつ》は前方《ぜんぽう》をながめた。

そこには、１台《だい》のトラックが止《と》まっている。

「桜《さくら》が見《み》えないのは、立《た》っている場所《ばしょ》のせいなのかもしれない」

真実《しんじつ》は突然走《とつぜんはし》りだした。

「あっ、真実《しんじつ》くん！」

健太《けんた》と美希《みき》はわけがわからないまま、あとに続《つづ》く。

真実《しんじつ》は道路《どうろ》を渡《わた》って、トラックのそばで立《た》ち止《ど》まった。

「真実《しんじつ》くん、どうしたの？」

「急《きゅう》に走《はし》りだすなんて、謎野《なぞの》くんらしくない――」

「ああ！」

健太《けんた》は目《め》の前《まえ》の光景《こうけい》を見《み》て思《おも》わず声《こえ》を出《だ》した。

トラックの向《む》こうに、満開《まんかい》の桜《さくら》の木《き》があったのだ。

「トラックが止《と》まっていたせいで、ぼくたちが立《た》っていた場所《ばしょ》からは桜《さくら》が見《み》えなかったんだ」

「なるほど、そういうことだったのか！」

桜《さくら》のそばには、おでんの屋台《やたい》が出《で》ていた。

真実《しんじつ》は写真《しゃしん》を取《と》り出《だ》し、目《め》の前《まえ》の景色《けしき》と見比《みくら》べてみる。


「間違《まちが》いない。ここが写真《しゃしん》の場所《ばしょ》だ」

真実《しんじつ》はついに写真《しゃしん》の場所《ばしょ》にたどり着《つ》いたのだ。

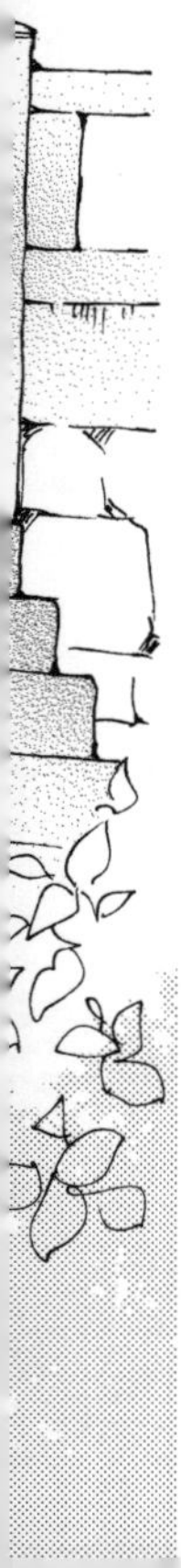

「だけど、この場所《ばしょ》に何《なに》があるんだろう？」

「きっと何《なに》かあるはずだ。父《とう》さんはそれをぼくに見《み》つけさせるために、わざわざこの写真《しゃしん》を撮《と》ったんだ」

真実《しんじつ》は何《なに》か手《て》がかりがないか、必死《ひっし》にあたりを探《さが》す。

健太《けんた》と美希《みき》もそれを手伝《てつだ》った。

すると、屋台《やたい》でおでんの用意《ようい》をしていたおじさんが、真実《しんじつ》たちのほうを見《み》た。


「もしかして、真実《しんじつ》くんかい？」


「はい、ぼくが真実《しんじつ》です」

「まさか、ほんとに来《く》るとはねぇ」

おじさんは驚《おどろ》きながらも、屋台《やたい》の棚《たな》から何《なに》かを取《と》り出《だ》すと、そばにやってきた。

「1年前《ねんまえ》、キミのお父《とう》さんだという謎野《なぞの》という人《ひと》から手紙《てがみ》を預《あず》かっていたんだ。もしここに息子《むすこ》の真実《しんじつ》が来《き》たら、渡《わた》してほしいって」

おじさんは手紙《てがみ》を真実《しんじつ》に渡《わた》した。

「真実《しんじつ》くん、何《なん》て書《か》いてあるの!?」

「わたしにも見《み》せて！」

健太《けんた》と美希《みき》は、真実《しんじつ》が受《う》け取《と》った手紙《てがみ》をのぞき込《こ》んだ。

真実《しんじつ》はその手紙《てがみ》を読《よ》んだ。

真実《しんじつ》、よくこの場所《ばしょ》までたどり着《つ》いたね。

おまえなら、星空《ほしぞら》と桜《さくら》、そして屋台《やたい》と観光客《かんこうきゃく》が持《も》っている本《ほん》で、きっとこの場所《ばしょ》までたどり着《つ》くことができると思《おも》っていたよ。

おまえがこの手紙《てがみ》を読《よ》んでいるということは、わたしの行方《ゆくえ》がわからなくなったということだね。

実《じっ》は、わたしは、ある人物《じんぶつ》にねらわれているんだ。

行方不明《ゆくえふめい》になったのは、その人物《じんぶつ》に捕《つか》まってしまったためだろう。

ここにたどり着《つ》けたということは、おまえがするどい推理力《すいりりょく》を持《も》っている証拠《しょうこ》だ。

おまえはもう立派《りっぱ》な探偵《たんてい》だ。

頼《たの》む。どうかわたしを助《たす》けてくれ。
おまえの探偵《たんてい》としての推理力《すいりりょく》があれば、きっとわたしを見《み》つけることができるはずだ。
だけど、くれぐれも注意《ちゅうい》するんだぞ。
わたしをねらっている人物《じんぶつ》は、おまえもよく知《し》っている人物《じんぶつ》だ。
だから、誰《だれ》も信《しん》じちゃいけない。
自分《じぶん》の推理力《すいりりょく》だけを信《しん》じるんだ。
真実《しんじつ》、おまえがきっと来《き》てくれると信《しん》じている。頼《たの》んだぞ！

謎野快明《なぞのかいめい》

「謎野《なぞの》くんのお父《とう》さんは誰《だれ》かに捕《つか》まってしまったのね……」
「じゃあ、島《しま》の住人全員《じゅうにんぜんいん》が一夜《いちや》のうちに消《き》えた事件《じけん》っていうのも……」
「それも、父《ちち》を捕《つか》まえた人物《じんぶつ》のしわざかもしれない」

健太《けんた》と美希《みき》はゴクリとつばをのみこんだ。

真実《しんじつ》は真剣《しんけん》な表情《ひょうじょう》でふたりのほうを見《み》る。

「ぼくは父《とう》さんを助《たす》ける。捕《つか》まえた人物《じんぶつ》が誰《だれ》だろうと関係《かんけい》ない」

「真実《しんじつ》くん……」

捕《つか》まっている父親《ちちおや》をこのまま放《ほう》っておくことなどできない——そんな真実《しんじつ》の気持《きも》ちが、健《けん》太《た》と美希《みき》には痛《いた》いほどわかった。

「だったら、ぼくも手伝《てつだ》うよ」

「わたしも。新聞部《しんぶんぶ》の部長《ぶちょう》として真相《しんそう》を知《し》りたいわ」

「健太《けんた》くん、青井《あおい》さん……」

「わたしのことは美希《みき》でいいわよ。わたしも、真実《しんじつ》くんって呼《よ》ぶわね」

美希《みき》が真実《しんじつ》にほほえむ。

「力《ちから》を合《あ》わせれば、きっとお父《とう》さんを見《み》つけられるはずだよ」

健太《けんた》もほほえむ。

真実《しんじつ》の父《ちち》を捕《つか》まえたのは誰《だれ》なのだろう？

真実《しんじつ》がよく知《し》っている人物《じんぶつ》というのは、いったい？

「健太《けんた》くん、美希《みき》さん、そろそろ戻《もど》ろう。手紙《てがみ》には誰《だれ》も信《しん》じるなと書《か》かれていたけれど、キミたちのことだけは信《しん》じてもいいはずだ。父《ちち》をどうやって見《み》つけ出《だ》すか、３人《にん》で考《かんが》えないと」

真実《しんじつ》がそう言《い》うと、健太《けんた》と美希《みき》は大《おお》きくうなずいた。

（つづく）

6

SCIENCE TRICK DATA FILE

科学《かがく》トリック データファイル

星《ほし》で季《き》節《せつ》を知《し》る

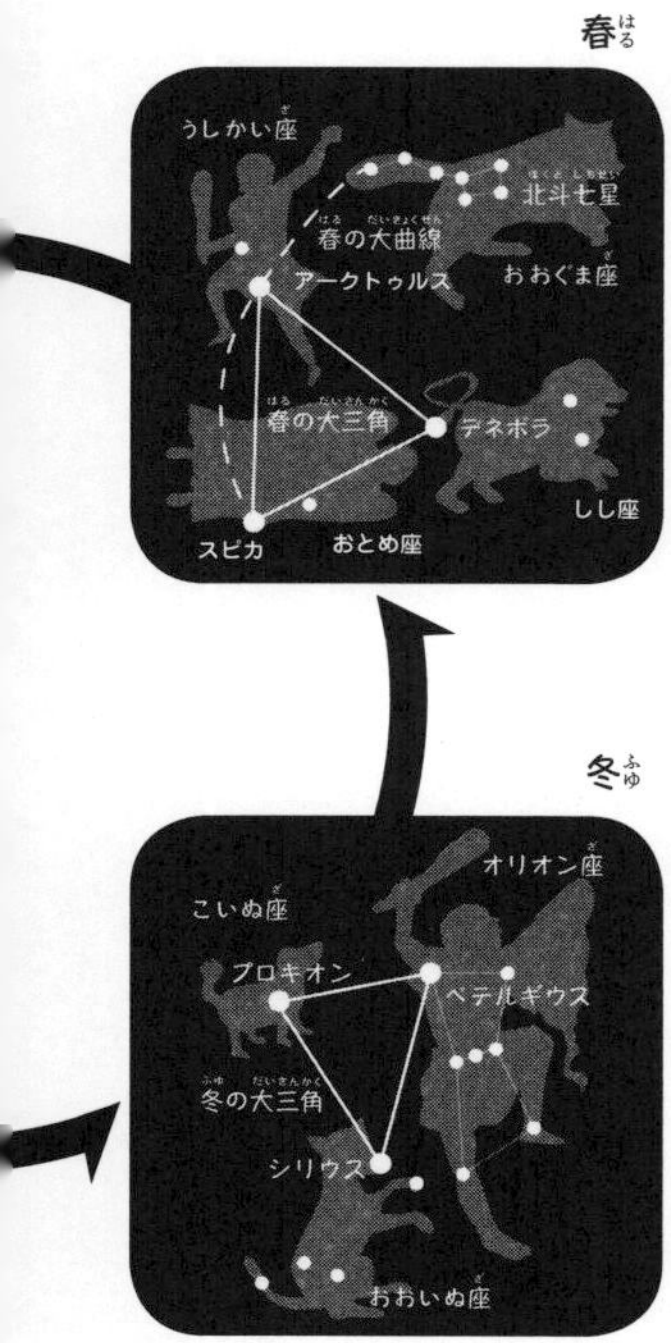

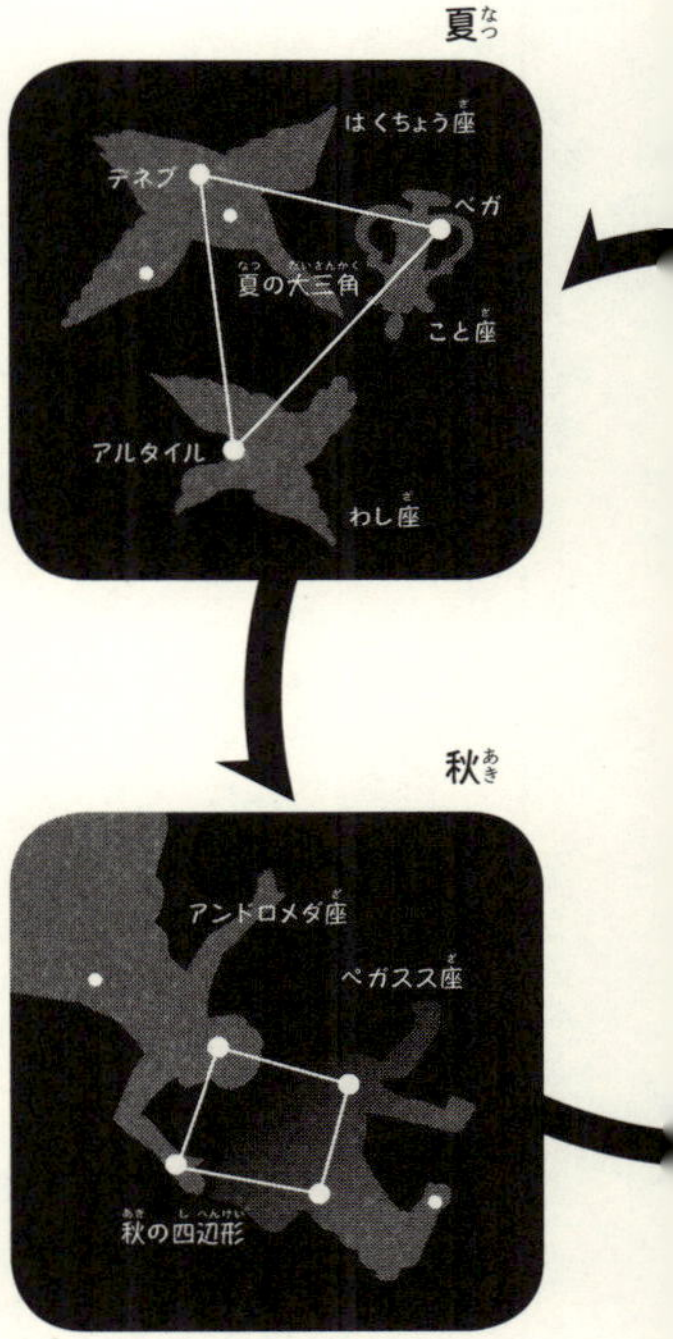
夏《なつ》
はくちょう座《ざ》
デネブ
ベガ
夏《なつ》の大三角《だいさんかく》
こと座《ざ》
アルタイル
わし座《ざ》
秋《あき》
アンドロメダ座《ざ》
ペガスス座《ざ》
秋《あき》の四辺形《しへんけい》

季節《きせつ》によって見《み》える星座《せいざ》は変《か》わります。右《みぎ》の図《ず》は、各季節《かくきせつ》の代表的《だいひょうてき》な星空《ほしぞら》です。

実際《じっさい》に夜空《よぞら》をながめるときは、図《ず》で紹介《しょうかい》したよく光《ひか》る星《ほし》や、覚《おぼ》えやすい星座《せいざ》を目印《めじるし》にして、星《ほし》をたどっていくといいですよ。

A.それぞれの季節《きせつ》の星空《ほしぞら》の特徴《とくちょう》を覚《おぼ》えておくといいよ

号《ごう》外《がい》

花森小新聞《はなもりしょうしんぶん》

花森小学校《はなもりしょうがっこう》
新聞部発行《しんぶんぶはっこう》

責任編集《せきにんへんしゅう》：
青井美希《あおいみき》

独占《どくせん》スクープ!!
謎野真実《なぞのしんじつ》くん、3つのナゾに迫《せま》る！

タブー解禁《かいきん》!!

いまだ私生活《しせいかつ》がベールにつつまれた、謎野真実《なぞのしんじつ》くん。徹底取材《てっていしゅざい》で浮《う》かびあがった、三《みっ》つのナゾとは？

ナゾ1　海外生活《かいがいせいかつ》が長《なが》い？

謎野《なぞの》くんは、温泉《おんせん》の大浴場《だいよくじょう》に水着《みずぎ》を着《き》て入《はい》り、帽子《ぼうし》をかぶって眠《ねむ》る。また宿《やど》の食事《しょくじ》では、ランチョンマットを持参《じさん》していたという。これらはいずれも外国《がいこく》の習慣《しゅうかん》だ。海外《かいがい》での生活《せいかつ》が長《なが》かったのだろうか？

ナゾ2　驚異《きょうい》の身体能力《しんたいのうりょく》！

体育《たいいく》の授業《じゅぎょう》は、必要最低限《ひつようさいていげん》のことを淡々《たんたん》とこなす謎野《なぞの》くん。しかし、枕《まくら》投《な》げでは、無数《むすう》の枕《まくら》をすばやくかわしたという。実《じつ》は、謎野《なぞの》くんは頭脳《ずのう》だけでなく、運動神経《うんどうしんけい》も抜群《ばつぐん》であると記者《きしゃ》は断言《だんげん》する。

ナゾ3　なぜ宮下《みやした》くんと？

最大《さいだい》のナゾは、学校一《がっこういち》の有名人《ゆうめいじん》・謎野《なぞの》くんが、なぜ目立《めだ》たない宮下《みやした》くんと仲《なか》がいいのかということだ。

その疑問《ぎもん》を宮下《みやした》くん本人《ほんにん》にぶつけたところ、「ふたりとも、あんこはつぶあん派《は》だからかな？」と、要領《ようりょう》を得《え》ない回答《かいとう》しか得《え》られなかった。

解明《かいめい》!! 絵《え》の裏《うら》のお札《ふだ》のナゾ!!

修学旅行生《しゅうがくりょこうせい》を恐怖《きょうふ》におとしいれた美龍仙旅館《びりゅうせんりょかん》の絵《え》の裏《うら》のお札《ふだ》……。宿《やど》への取材《しゅざい》から、お客様《きゃくさま》の旅《たび》の無事《ぶじ》を祈《いの》って、すべての部屋《へや》で貼《は》られていたことがわかった。

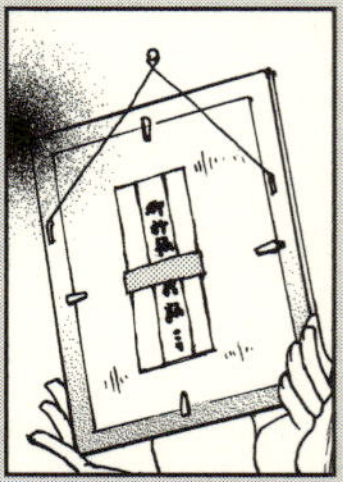

予告《よこく》!! 新《あら》たな都市伝説《としでんせつ》

花森小《はなもりしょう》に遅刻者《ちこくしゃ》や寝不足《ねぶそく》の者《もの》を続出《ぞくしゅつ》させている都市伝《としでん》説《せつ》が出現《しゅつげん》。深夜《しんや》0時《じ》に動画《どうが》サイトに現《あらわ》れる未来人《みらいじん》とは？

著者紹介

佐東みどり

脚本家・作家。アニメ「サザエさん」「ハローキティとあそぼう！まなぼう！」などを担当。小説に「恐怖コレクター」シリーズ、『謎新聞ミライタイムズ』などがある。
（執筆：プロローグ、6章、原案：2章）

石川北二

監督・脚本家。脚本家として、映画「かずら」（共同脚本）、「燐寸少女 マッチショウジョ」などを担当。監督としての代表作に、映画「ラブ★コン」などがある。
（執筆：3章、4章）

木滝りま

脚本家・作家。脚本家として、ドラマ「念力家族」「ほんとにあった怖い話」、アニメ「スイートプリキュア♪」など。代表作に、『世にも奇妙な物語 ドラマノベライズ 恐怖のはじまり編』がある。
（執筆：1章、5章、原案：2章）

田中智章

監督・脚本家。脚本家として、アニメ「ドラえもん」、映画「シャニダールの花」などを担当。監督としての代表作に、映画「放課後ノート」「花になる」などがある。
（執筆：2章）

挿画

木々（KIKI）

マンガ家・イラストレーター。代表作に、「バリエガーデン」シリーズ、「ラヴ ミー テンダー」シリーズなどがある。
公式サイト：http://www.kikihouse.com/

ブックデザイン
アートディレクション

辻中浩一
＋
吉田帆波（ウフ）

協力　JCM

好評発売中《こうひょうはつばいちゅう》！

科学探偵《かがくたんてい》 謎野真実《なぞのしんじつ》シリーズ 3

科学探偵《かがくたんてい》 VS.《ブイエス》 魔界《まかい》の都市伝説《としでんせつ》

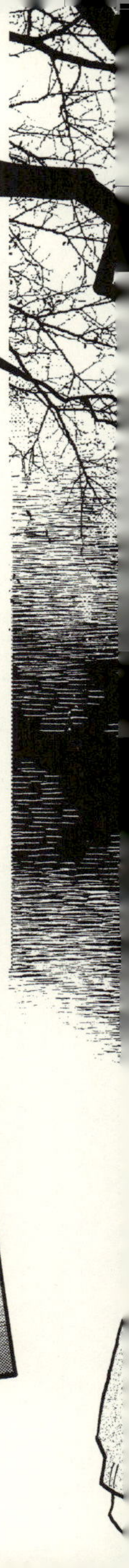

深夜《しんや》０時《じ》——。

動画《どうが》サイトに現《あらわ》れる不気味《ぶきみ》な人影《ひとかげ》。

「ワタシハ未来人《みらいじん》。コレカラ起《お》キル

恐怖《きょうふ》ノ出来事《できごと》ヲ予言《よげん》スル」

聞《き》くと死《し》ぬメロディー、タクシーの幽霊《ゆうれい》、

人面犬《じんめんけん》、八尺様《はっしゃくさま》——。

予言《よげん》どおりに、花森町《はなもりちょう》で具現化《ぐげんか》する都市伝説《としでんせつ》の数々《かずかず》。

「謎野真実《なぞのしんじつ》ヨ。コノ恐怖《きょうふ》ヲ止《と》メルコトガデキルカ？」

真実《しんじつ》と未来人《みらいじん》との、戦《たたか》いが始《はじ》まる。

監修　金子丈夫（筑波大学附属中学校元副校長）
編集デスク　橋田真琴、大宮耕一
編集　河西久実
校閲　宅美公美子、船橋史、西海紀子（朝日新聞総合サービス）

本文図版　細雪純
コラム図版　佐藤まなか
ブックデザイン / アートディレクション　辻中浩一 + 吉田帆波（ウフ）

おもな参考文献
『新編 新しい理科』 3 〜 6 （東京書籍）／『キッズペディア 科学館』日本科学未来館、筑波大学附属小学校理科部監修（小学館）／『週刊かがくる 改訂版』 1 〜 50 号（朝日新聞出版）／『週刊かがくるプラス 改訂版』 1 〜 50 号（朝日新聞出版）／「ののちゃんの DO 科学」朝日新聞社（https://www.asahi.com/shimbun/nie/tamate/）

※この物語に出てきた鬼心寺と旅館は実在しません。

科学探偵《かがくたんてい》 謎野《なぞの》真実《しんじつ》シリーズ 2

科学探偵《かがくたんてい》 VS.《ブイエス》 呪《のろ》いの修学旅行《しゅうがくりょこう》

2017 年 12 月 30 日　第 1 刷発行
2019 年 11 月 30 日　第 6 刷発行

著　者　作：佐東みどり　石川北二　木滝りま　田中智章　　絵：木々
発行者　橋田真琴
発行所　朝日新聞出版
〒 104-8011
東京都中央区築地 5-3-2
編集　生活・文化編集部
電話　03-5541-8833（編集）
03-5540-7793（販売）

印刷所・製本所　大日本印刷株式会社
ISBN978-4-02-331639-3
定価はカバーに表示してあります